Nouvelles

J. D. Salinger

Nouvelles

Traduites de l'anglais (États-Unis)
par Sébastien Japrisot

PAVILLONS POCHE

Robert Laffont

Titre original : NINE STORIES

ISBN 978-2-221-19751-6
(Édition originale : ISBN 978-0-316-76950-1, Little, Brown and Company, New York)
Dépôt légal : avril 2017

Pour Dorothy Olding et Gus Lobrano

« On connaît le bruit de deux mains qui applaudissent.
Mais quel est le bruit d'une seule main qui applaudit ? »

KŌAN ZEN

Un jour rêvé
pour le poisson-banane

Il y avait à l'hôtel quatre-vingt-dix-sept publicistes de New York. Comme ils monopolisaient les lignes interurbaines, la jeune femme du 507 dut patienter de midi à deux heures et demie pour avoir sa communication. Elle ne resta pas pour autant à ne rien faire. Elle lut, dans une revue féminine au format de poche, un article intitulé « Le sexe, c'est le paradis ou l'enfer ». Elle lava son peigne et sa brosse. Elle retira une tache sur la jupe de son tailleur beige. Elle déplaça le bouton de sa blouse de chez Saks. Elle fit disparaître deux poils qui venaient de repousser sur son grain de beauté. Lorsque le standard l'appela enfin, elle était assise sur le rebord de la fenêtre et finissait de vernir les ongles de sa main gauche.

Ce n'était pas une femme à perdre la tête pour une sonnerie de téléphone. Elle se comportait comme s'il n'avait pas cessé de sonner depuis qu'elle avait atteint la puberté.

À l'aide de son minuscule pinceau, elle termina l'ongle de son petit doigt en prenant le temps de souligner le contour de la lunule. Elle referma ensuite le flacon de vernis et se leva en agitant la main pour la faire sécher. De celle qui était libre – la droite –, elle prit un cendrier plein sur le rebord de la fenêtre et le porta vers la table de nuit, à côté du téléphone. Elle s'assit sur l'un des lits jumeaux – ça faisait cinq ou six fois que ça sonnait – et décrocha.

— Allô ! dit-elle en éloignant les doigts de sa main gauche de son déshabillé de soie blanche. C'était tout ce qu'elle avait sur elle, avec ses mules. Ses bagues étaient restées dans la salle de bains.

— J'ai votre communication pour New York, Mrs Glass.

— Merci, répondit la jeune femme, et elle fit de la place au cendrier sur la table de nuit.

Une voix féminine se fit entendre :

— Muriel ? C'est toi ?

La jeune femme écarta légèrement l'appareil de son oreille.

— Oui, maman. Comment vas-tu ?

— Je me suis fait un sang d'encre ! Pourquoi n'as-tu pas appelé ? Tout va bien ?

— J'ai essayé de t'avoir hier soir et avant-hier soir. Mais ici, le téléphone…

— Est-ce que tout va bien, Muriel ?

La jeune femme augmenta l'écart entre l'écouteur et son oreille.

— Ça va. Il fait chaud. C'est la journée la plus chaude qu'on ait jamais eue en Floride depuis…

— Pourquoi n'as-tu pas téléphoné ? Je me suis fait du souci !

— Maman chérie, ne crie pas comme ça, je t'entends très bien. J'ai appelé deux fois hier soir. La première fois juste après…

— J'ai *dit* à ton père que tu téléphonerais. Mais non, il a fallu… Est-ce que tout va bien, Muriel ? Dis-moi la vérité.

— Je vais bien. Arrête de me demander ça, je t'en prie.

— Quand êtes-vous arrivés ?

— Je ne sais plus. Mercredi matin, de bonne heure.

— Qui conduisait ?

— Lui. Et ne t'énerve pas. Il a conduit comme un ange. Je n'en revenais pas.

— C'est *lui* qui conduisait ? Muriel, tu m'avais pourtant promis…

— Maman, l'interrompit la jeune femme, je viens de te le dire, il a conduit comme un ange. Au-dessous de cinquante pendant tout le trajet, je t'assure.

— Est-ce qu'il a recommencé une de ses comédies avec les arbres ?

— Je te répète qu'il conduisait comme un ange, maman. Écoute, je t'en prie… Je lui ai demandé de ne pas s'éloigner de la ligne blanche, il a compris, et il l'a fait. Il essayait même de ne pas regarder les arbres, je t'assure. Est-ce que papa a fait réparer la voiture ?

— Pas encore. Ils nous demandent quatre cents dollars rien que pour…

— Maman, Seymour a *dit* à papa qu'il paierait. Il n'y a pas de raison…

— Bien, nous verrons. Comment était-il exactement, pendant le voyage ?

— Très bien.

— Est-ce qu'il t'appelle encore de cet abominable…

— Non, il en a inventé un nouveau.

— Quoi ?

— Oh… Qu'est-ce que ça peut faire, maman ?

— Muriel, je veux *savoir*. Ton père…

— D'accord, d'accord. Il m'appelle « Miss clocharde pleine d'esprit 1948 », dit la jeune femme avec un petit rire nerveux.

— Ce n'est pas drôle, Muriel. Pas drôle du tout. C'est horrible. C'est *triste*, voilà ce que c'est. Quand je pense que…

— Maman, coupa la jeune femme, écoute, tu te rappelles ce livre qu'il m'a envoyé d'Allemagne ? Tu sais, les poèmes allemands. Qu'est-ce que j'en ai fait ? Je me creuse la…

— Tu l'as toujours.

— Tu en es sûre ?

— Absolument. Ou plutôt, je l'ai. Il est dans la chambre de Freddy. Tu l'avais laissé là et il n'y avait plus de place dans la… Pourquoi ? Il le réclame ?

— Non. Seulement, pendant le voyage, il m'a demandé ce qu'il était devenu. Il voulait savoir si je l'avais lu.

— Mais, c'est en allemand !

— Oui, mais ça ne change rien, répondit la jeune femme en croisant les jambes. Il m'a dit que ces poèmes ont été écrits par le « seul grand poète du siècle », que j'aurais dû acheter une traduction ou quelque chose. Ou même *apprendre la langue*, tu te rends compte ?

— C'est affreux, affreux ! C'est *triste*, voilà ce que c'est… Ton père me disait encore hier soir…

— Une seconde, maman.

La jeune femme alla chercher ses cigarettes sur le rebord de la fenêtre, en alluma une, et revint s'asseoir sur le lit.

— Maman ? dit-elle en exhalant une bouffée de fumée.

— Muriel, maintenant, écoute-moi.

— Je t'écoute.

— Ton père a parlé au Dr Sivetski.

— Ah ?…

— Il lui a *tout* raconté. Du moins, c'est ce qu'il dit – tu connais ton père. Les arbres. Cette histoire avec la fenêtre. Les horreurs qu'il a dites à grand-mère sur ses projets pour passer dans l'au-delà. Ce qu'il a fait de ces jolies photos des Bermudes… Tout, quoi !

— Alors ?

— Alors, en premier lieu, il a dit que c'était un véritable *crime*, de la part de l'armée, de l'avoir laissé sortir de l'hôpital. Je te donne ma parole, il a affirmé à ton père – de manière *catégorique* – qu'il y avait de grandes chances – de *très* grandes chances – pour que Seymour perde *complètement* la raison. Je t'en donne ma parole.

— Il y a un psychiatre, ici, à l'hôtel.

— Qui ça ? Comment s'appelle-t-il ?

— Je ne sais pas. Rieser, ou quelque chose comme ça. Il paraît qu'il est très bien.

— Jamais entendu parler de lui.

— Il paraît qu'il est très bien quand même.

— Muriel, ne sois pas insolente, s'il te plaît. Nous nous faisons *tellement* de souci pour toi. Je vais même te dire, hier soir, ton père voulait te télégraphier de rentrer…

— Il n'est pas question que je rentre, maman. Alors, cesse de te tracasser.

— Muriel, je te donne ma parole, le docteur Sivetski a dit que Seymour risquait de perdre *complètement*…

— Je viens juste *d'arriver*, maman. Ce sont les premières vacances que je prends depuis des années. Je ne vais pas, maintenant, remballer toutes mes affaires et rentrer. De toute façon, je ne suis pas en état de voyager. J'ai attrapé un de ces coups de soleil ! Je peux à peine remuer.

— Tu as pris un coup de soleil ? Pourquoi ne t'es-tu pas servie du Bronze que j'avais glissé dans ta valise ? Je l'ai mis avec…

— Je m'en suis servie, et j'ai quand même un coup de soleil.

— C'est terrible. Où es-tu brûlée ?

— Partout, ma chère, partout !

— C'est terrible !

— Je survivrai.

— Dis-moi, as-tu parlé à ce psychiatre ?

— Eh bien… Oui, en quelque sorte.

— Qu'est-ce qu'il a dit ? Où était Seymour quand tu lui as parlé ?

— À l'Ocean Room. Il jouait du piano. Il a joué du piano les deux soirées que nous avons passées ici.

— Alors, qu'est-ce qu'il a dit ?

— Oh, pas grand-chose. C'est lui qui a engagé la conversation. J'étais assise près de lui au bingo, hier soir, et il m'a demandé si c'était mon mari qui jouait au piano dans l'autre salle. Je lui ai répondu que oui, et il a voulu savoir si Seymour avait été malade ou quelque chose comme ça. Alors, je lui ai dit…

— Pourquoi a-t-il demandé ça ?

— Je n'en sais rien, maman. Peut-être parce qu'il est tellement pâle, et tout. Bref, après le bingo, sa femme et lui m'ont proposé de prendre un verre avec eux. J'ai accepté. Sa femme est d'une laideur… Tu te souviens de cette horrible robe du soir que nous avons vue en vitrine chez Bonwit ? Celle dont tu disais que, pour la porter, il fallait avoir un tout, tout petit…

— La verte ?

— Elle la portait… Avec des hanches de matrone ! Elle n'arrêtait pas de me demander si Seymour était parent avec cette Suzanne Glass qui a une boutique de modiste sur Madison Avenue.

— Mais qu'est-ce qu'il a dit, le docteur ?

— Oh, eh bien, pas grand-chose, en définitive. On était dans le bar, et il y avait un boucan terrible.

— Oui, mais est-ce que… Est-ce que tu lui as dit ce qu'il avait essayé de faire avec la chaise de grand-mère ?

— Non, maman. Je ne suis pas entrée dans les détails. J'aurai probablement l'occasion de lui reparler. Il passe ses journées au bar.

— Est-ce qu'il a dit qu'il pourrait devenir… tu sais… bizarre ? Te faire quelque chose, à toi ?

— Pas exactement. Il aurait fallu qu'il en sache plus. Ils ont besoin de connaître ton enfance… tous ces trucs. Je te l'ai dit, maman, il y avait un tel boucan, on pouvait à peine parler.

— Bon. Et ton manteau bleu ?

— Très bien, j'ai fait enlever un peu des épaulettes.

— Comment sont les robes, cette année ?

— Formidables. Mais pour des Martiennes. Avec des sequins, des tas de machins.

— Et votre chambre ?

— Bien. Enfin, tout juste bien. Nous n'avons pas pu obtenir celle que nous avions avant la guerre. Les gens sont affreux, cette année. Je voudrais que tu voies ceux qui sont à côté de nous au restaurant. La table d'à côté. On croirait qu'ils ont débarqué ici en wagon à bestiaux.

— Tu sais, c'est comme ça partout. Et ta robe de ballerine ?

— Elle est trop longue. Je t'avais dit qu'elle serait trop longue.

— Muriel, je te le demande une fois pour toutes : est-ce que, vraiment, tout va bien ?

— Oui, oui, maman. Pour la énième fois.

— Et tu ne veux pas rentrer ?

— *Non*, maman.

— Ton père me disait hier soir qu'il te paierait volontiers le voyage si tu voulais partir quelque part toute seule, et réfléchir à tout ça. Tu pourrais faire une jolie croisière. On pensait tous les deux que…

— Non, vous êtes gentils. (La jeune femme décroisa les jambes.) Maman, cet appel va coûter une…

— Quand je pense que tu as attendu ce garçon pendant *toute* la guerre… Je veux dire, quand on pense à toutes ces petites épouses sans cervelle qui…

— Maman, on ferait mieux de raccrocher. Seymour va rentrer d'une minute à l'autre.

— Où est-il ?

— À la plage.

— À la plage ? Tout seul ? Est-ce qu'il se tient convenablement à la plage ?

— Maman ! Tu parles de lui comme si c'était un *fou* dangereux.

— Je n'ai rien dit de tel, Muriel.

— On le croirait, à t'entendre. Tu sais, tout ce qu'il fait, c'est rester allongé. Il ne veut pas retirer son peignoir de bain.

— Il ne veut pas enlever son peignoir ! Pourquoi ?

— Je n'en sais rien. Peut-être parce qu'il a la peau si blanche.

— Mon Dieu, mais il lui *faut* du soleil ! Tu ne peux pas le lui faire enlever ?

— Tu connais Seymour, dit la jeune femme en croisant à nouveau les jambes. Il dit qu'il ne veut pas avoir autour de lui une bande d'idiots qui regardent son tatouage.

— Mais il n'a pas de tatouage ! Il s'en est fait faire un à l'armée ?

— Non, maman, non. (La jeune femme se leva.) Écoute, je te rappellerai peut-être demain.

— Muriel, écoute-moi, maintenant.

— Oui, maman, dit la jeune femme, en s'appuyant de tout son poids sur sa jambe droite.

— Appelle-moi *immédiatement* s'il fait ou dit quoi que ce soit de bizarre… Tu vois ce que je veux dire. Tu m'entends ?

— Maman, je n'ai pas peur de Seymour.

— Muriel, je veux que tu me le promettes.

— D'accord, je te le promets. À bientôt, maman. Mille baisers à papa.

Elle raccrocha.

— Je vois encore plus de verre[1], dit Sybil Carpenter, qui séjournait à l'hôtel avec sa mère. Est-ce que tu as vu encore plus de verre ?

— Arrête de dire ça, mon minou. Tu vas finir par rendre maman complètement folle. Tiens-toi tranquille, s'il te plaît.

Mrs Carpenter passait de l'huile solaire sur les épaules de Sybil. Elle l'étalait soigneusement sur l'arête de ses omoplates, délicates comme des ailes. Sybil était assise, en position instable, sur un énorme ballon de plage, face à l'océan. Elle portait un maillot de bain jaune canari, un deux-pièces dont l'une serait encore parfaitement inutile pendant une dizaine d'années.

— En fait, ce n'était qu'un simple mouchoir de soie, ça se voyait en regardant de près, déclara la femme étendue dans la chaise longue à côté de Mrs Carpenter. J'aurais bien aimé savoir comment elle l'avait noué, c'était vraiment adorable !

— En effet, ce devait être adorable, répondit Mrs Carpenter. Sybil, tiens-toi *tranquille*, mon minou.

— Est-ce que tu as vu encore plus de verre ? dit Sybil.

Mrs Carpenter soupira. « Voilà. » Elle reboucha le flacon d'huile solaire.

---

1. Le nom du jeune homme, Seymour Glass, se prononce en anglais comme « *see more glass* » ; la petite fille pense qu'il s'appelle « Encore plus de verre ». *(Toutes les notes sont de l'éditeur.)*

— Maintenant, va jouer, mon minou. Maman va remonter à l'hôtel prendre un martini avec Mrs Hubbel. Je te rapporterai l'olive.

Libérée, Sybil courut jusqu'à l'estran et se mit à marcher vers le Pavillon du Pêcheur. Elle ne s'arrêta qu'une fois pour enfoncer le pied dans un château de sable effondré, puis dépassa bientôt les limites de la portion de plage réservée aux clients de l'hôtel.

Elle parcourut quelques centaines de mètres avant d'obliquer pour remonter en courant vers le sable mou. Elle s'arrêta net devant un jeune homme étendu sur le dos.

— Tu viens dans l'eau, encore plus de verre ?

Le jeune homme tressaillit, porta la main droite sur les pans de son peignoir en tissu éponge et se retourna sur le ventre en faisant glisser la serviette roulée qu'il avait sur les yeux. Il leva vers Sybil un regard en biais.

— Bonjour, Sybil !

— Tu viens dans l'eau ?

— Je t'attendais. Quoi de neuf ?

— Quoi ?

— Quoi de neuf ? Quelles sont les nouvelles ?

— Mon papa arrive demain dans le navion.

Sybil l'éclaboussa de sable.

— Pas dans la figure, ma puce ! Il emprisonna dans sa main une des chevilles de Sybil. Eh bien, il était temps qu'il arrive, ton papa. Je l'ai attendu des heures. Des heures entières !

— Où est la dame ?

— La dame ?

Il enleva un peu de sable de ses cheveux fins.

— C'est difficile à dire, Sybil. Elle peut se trouver dans un millier d'endroits en ce moment. Chez le coiffeur, par exemple, pour se faire teindre les cheveux *vison*. Ou bien dans sa chambre, en train de fabriquer des poupées pour les petits pauvres.

Toujours sur le ventre, il mit ses poings l'un sur l'autre et posa son menton dessus.

— Parle-moi d'autre chose, Sybil. Tu as un joli maillot. S'il y a quelque chose que j'aime, c'est bien les maillots bleus.

Sybil le regarda, étonnée, puis baissa les yeux sur son petit ventre proéminent.

— Mais il est jaune. Il est jaune !

— Ah bon ? Approche un peu.

Sybil fit un pas en avant.

— Tu as absolument raison. Je suis complètement idiot.

— Tu viens dans l'eau ?

— Je suis en train d'étudier la question. J'y réfléchis énormément, Sybil, comme je suis heureux de te l'apprendre.

Sybil tâta la bouée en caoutchouc que le jeune homme utilisait parfois comme oreiller.

— Elle a besoin d'air.

— Tu as raison. Elle a besoin de plus d'air que je n'ai envie de lui en donner.

Il retira ses poings et laissa son menton reposer sur le sable.

— Sybil, tu as une mine resplendissante. C'est bon de te voir. Parle-moi de toi…

Il avança les mains et saisit les deux chevilles de Sybil.

— Je suis Capricorne, reprit-il. Qu'est-ce que tu es, toi ?

— Sharon Lipschutz a dit que tu l'avais laissée s'asseoir à côté de toi sur le tabouret du piano.

— Sharon Lipschutz a dit ça ?

Sybil hocha vigoureusement la tête.

Il lâcha ses chevilles, ramena ses mains et posa sa joue sur son bras droit.

— Bon, tu sais comment ces choses-là arrivent, Sybil. J'étais assis, en train de jouer. Et tu n'étais nulle part dans les parages. Sharon Lipschutz est arrivée et s'est assise près de moi. Je ne pouvais tout de même pas la repousser ?

— Si !

— Oh, non. Non, je ne pouvais pas faire ça. Mais je vais te dire ce que j'ai fait.

— Quoi ?

— J'ai imaginé que c'était toi.

Sybil s'accroupit et se mit à creuser dans le sable.

— Allons dans l'eau.

— Très bien, je crois que c'est dans mes moyens.

— La prochaine fois, repousse-la.

— Repousser qui ?

— Sharon Lipschutz.

— Oh, Sharon Lipschutz. Comme ce nom revient, mêlant souvenirs et désir !

Il se mit brusquement sur ses pieds et regarda l'océan.

— Sybil, je vais te dire ce qu'on va faire. On va voir si on peut attraper un poisson-banane.

— Un quoi ?

— Un poisson-banane.

Il dénoua la ceinture de son peignoir et le retira. Ses épaules étaient blanches, étroites, et son maillot bleu. Il plia le peignoir une première fois dans le sens de la longueur, puis en trois dans l'autre sens. Il déroula la serviette qu'il avait plus tôt sur les yeux, l'étala sur le sable et posa le peignoir dessus. Il se baissa, ramassa la bouée et la plaça sous son bras droit. Enfin, de la main gauche, il prit celle de Sybil.

Ils partirent tous les deux vers l'océan.

— Je suppose que tu as vu beaucoup de poissons-bananes dans ta vie ?

Sybil secoua la tête.

— Ah bon, pas beaucoup ? Au fait, tu habites où ?

— Je ne sais pas.

— Bien sûr que si, tu sais. Il faut bien. Sharon Lipschutz sait où elle habite, *elle*, et elle n'a que trois ans et demi.

Sybil s'arrêta et retira brusquement sa main. Elle ramassa un coquillage et le regarda avec un intérêt étudié, puis le jeta.

— Whirly Wood, Connecticut, dit-elle, et elle reprit sa marche ventre en avant.

— Whirly Wood, Connecticut. Est-ce que ça ne serait pas proche de Whirly Wood, Connecticut, par hasard ?

Sybil le regarda.

— Mais c'est *là* que j'habite ! dit-elle avec impatience. *J'habite* à Whirly Wood, Connecticut.

Elle fit quelques pas en courant devant lui, attrapa son pied gauche avec sa main gauche et sauta deux ou trois fois à cloche-pied.

— Tu ne peux pas savoir comme tout devient clair.

Sybil lâcha son pied.

— Est-ce que tu as lu *Sambo le petit Noir* ? dit-elle.

— C'est drôle que tu demandes ça. Je l'ai justement fini hier soir.

Il chercha la main de Sybil et la reprit dans la sienne.

— Qu'est-ce que tu en penses ? lui demanda-t-il.

— Est-ce que les tigres font tout le tour de l'arbre ?

— J'ai cru qu'ils n'arrêteraient jamais. Je n'ai jamais vu tant de tigres.

— Il y en avait seulement six.

— *Seulement* six ! Tu appelles ça seulement ?

— Tu aimes la cire ?

— J'aime quoi ?

— La cire ?

— Beaucoup, et toi ?

Sybil fit oui de la tête.

— Tu aimes les olives ? demanda-t-elle.

— Les olives ? Oui. Les olives et la cire. Je ne vais jamais nulle part sans en emporter.

— Tu aimes Sharon Lipschutz ?

— Oui, oui, je l'aime. Ce que j'aime particulièrement chez elle, c'est qu'elle ne fait jamais de méchancetés aux petits chiens dans le hall de l'hôtel. À ce bouledogue nain, par exemple, qui appartient à la dame qui vient du Canada. Tu ne me croiras peut-être pas, mais il y a des petites filles qui s'amusent à le piquer avec le bâton de leur sucette. Pas Sharon. Elle n'est jamais mesquine ou méchante. C'est pour ça que je l'aime tant.

Sybil se tut un moment.

— J'aime mâcher les bougies, déclara-t-elle enfin.

— Qui n'aime pas ça ? répondit le jeune homme en trempant ses pieds dans l'eau. Brrrr ! Elle est gelée.

Il laissa tomber la bouée.

— Non, attends une seconde, Sybil, que nous soyons un peu plus loin.

Ils pataugèrent jusqu'à ce que Sybil eût de l'eau jusqu'à la taille. Le jeune homme la souleva dans ses bras et la posa à plat-ventre sur la bouée.

— Tu ne mets jamais de bonnet de bain ou quelque chose ?

— Me lâche pas, ordonna Sybil. Tiens-moi bien.

— Miss Carpenter, je vous en prie, je connais mon métier. Tout ce que tu as à faire, c'est d'ouvrir les yeux bien grands pour voir les poissons-bananes. C'est le jour *rêvé* pour en voir.

— J'en vois aucun.

— Ça se comprend. Ils ont des habitudes bizarres, *très* bizarres.

Il continuait à pousser la bouée. Il avait de l'eau presque jusqu'à la poitrine.

— Ils ont un sort tragique. Tu sais ce qu'ils font, Sybil ?

Elle fit non de la tête.

— Eh bien, ils entrent dans un trou où il y a plein de bananes. Quand ils *entrent*, ce sont des poissons comme les autres. Mais une fois dedans, ils se conduisent comme des cochons. Tu sais, j'ai vu une fois un poisson-banane entrer dans un trou à bananes et en manger pas moins de soixante-dix-huit.

Il poussa la bouée et son occupante un peu plus loin vers le large.

— Naturellement, après, ils sont si gras qu'ils ne peuvent plus ressortir du trou. Ils ne peuvent plus repasser la porte.

— Pas trop loin, demanda Sybil. Qu'est-ce qui leur arrive ?

— Qu'est-ce qui arrive à qui ?

— Aux poissons-bananes.

— Tu veux dire, après qu'ils ont mangé tant de bananes qu'ils ne peuvent plus sortir du trou ?

— Oui.

— Ça me crève le cœur de te le dire, Sybil, mais ils meurent.

— Pourquoi ?

— Eh bien, ils attrapent la fièvre des bananes. C'est une maladie terrible.

— Attention, une *vague*, dit Sybil nerveusement.

— On ne va pas la voir. On va la snober. Comme deux bêcheurs.

Il prit les chevilles de Sybil et, d'une poussée, l'envoya en avant. La bouée piqua sur le dos de la vague. L'eau trempa les cheveux blonds de Sybil, cependant son hurlement était plein de plaisir.

De la main, quand la bouée fut à nouveau immobile, elle écarta de ses yeux une mèche de cheveux trempés et déclara :

— J'en ai vu un.

— Un quoi, ma chérie ?

— Un poisson-banane.

— Seigneur, pas possible ! Est-ce qu'il avait des bananes dans la bouche ?

— Oui. Six !

Le jeune homme prit brusquement un des petits pieds mouillés qui pendaient de la bouée et l'embrassa.

— Hé ! fit la propriétaire du pied en se retournant.

— Hé, toi-même ! On va rentrer maintenant. Ça te suffit ?

— Non !

— Désolé ! dit-il, et il poussa la bouée vers la plage jusqu'à ce que Sybil pût descendre. Ensuite, il la porta le reste du chemin.

— Au revoir, dit Sybil, et elle partit en courant, sans regret, vers l'hôtel.

Le jeune homme enfila son peignoir, le ferma soigneusement et enfonça sa serviette dans une poche. Il ramassa la bouée humide et encombrante, la prit sous son bras. Il se mit en marche seul vers l'hôtel, dans le sable mou et brûlant.

À l'entrée de service, que la direction de l'hôtel demandait aux baigneurs d'utiliser, une femme au nez recouvert de pommade prit l'ascenseur avec lui.

— Je vois que vous observez mes pieds, dit-il quand la cage s'éleva.

— Pardon ? répondit la femme.

— Je dis : je vois que vous observez mes pieds.

— Je vous demande pardon, je regardais par terre.

Elle détourna les yeux vers les portes de l'ascenseur.

— Si vous voulez observer mes pieds, dites-le, mais ne le faites pas en douce.

— Arrêtez-moi ici, je vous prie, dit la femme à la liftière.

La cage s'ouvrit et la femme sortit sans se retourner.

— J'ai deux pieds normaux, merde, il n'y a pas de raison qu'on les étudie, dit le jeune homme. Cinquième, s'il vous plaît.

Il tira la clef de sa chambre de la poche de son peignoir.

Il sortit au cinquième étage, remonta le couloir et entra au 507. La chambre sentait les bagages neufs en cuir et le dissolvant pour vernis à ongles.

Il jeta un regard sur la jeune femme qui dormait sur l'un des lits jumeaux. Puis il se dirigea vers une valise, l'ouvrit et tira de sous une pile de caleçons et de maillots de corps un Ortgies 7.65 automatique. Il sortit le chargeur, l'examina et le remit en place. Il arma le revolver. Ensuite, il vint s'asseoir sur le lit inoccupé, regarda la jeune femme, ajusta l'arme, et se tira une balle dans la tempe droite.

Oncle déglingué au Connecticut[1]

1. Le titre anglais de la nouvelle, *Uncle Wiggily in Connecticut*, s'inspire d'une série de livres pour enfants publiée au début du XXe siècle aux États-Unis. Un peu plus loin, l'auteur écrit « *I twisted my ankle* » (je me suis foulé la cheville). Le traducteur a transposé le jeu de sonorités avec « oncle » et « ongle ».

Il était près de trois heures quand Mary Jane trouva enfin la maison. Elle expliqua à Eloïse, qui était sortie dans l'allée pour venir à sa rencontre, que tout s'était *parfaitement* passé, qu'elle s'était souvenue *exactement* le chemin jusqu'à ce qu'elle quitte la voie rapide Merrick. Eloïse dit : « La voie rapide Merritt, mon chou », et lui rappela qu'elle était déjà venue deux fois chez elle, mais Mary Jane se contenta de pousser une sorte de gémissement à propos de sa boîte de Kleenex en retournant précipitamment vers sa décapotable. Eloïse remonta le col de son manteau en poil de chameau, tourna le dos au vent et attendit. Un instant plus tard, Mary Jane revint avec un Kleenex, l'air toujours aussi défaite, comme barbouillée. Eloïse s'écria joyeusement que le déjeuner avait entièrement cramé – les ris de veau et le reste ; Mary Jane répondit que de toute façon, elle avait déjeuné en route. Tandis qu'elles marchaient ensemble vers la maison, Eloïse demanda à Mary Jane comment il se faisait qu'elle eût un jour de congé. Mary Jane précisa qu'elle n'avait pas la journée *entière*. C'était simplement que Mr Weyinburg avait une hernie et restait chez lui à Larchmont : elle devait chaque après-midi lui porter son courrier et prendre une ou deux lettres. Elle demanda à Eloïse :

— C'est quoi, exactement, une hernie ?

Eloïse, laissant tomber sa cigarette à ses pieds dans la neige sale, répondit qu'elle ne savait pas *exactement*, mais que Mary Jane n'avait pas à se faire de bile, ça ne s'attrapait pas. Mary Jane dit : « Oh », et les deux filles entrèrent dans la maison.

Vingt minutes plus tard, elles finissaient leur premier verre dans le salon, en bavardant sur ce ton particulier qu'emploient les filles qui ont partagé la même chambre à l'université. Un lien encore plus fort les unissait : ni l'une ni l'autre n'était sortie diplômée. Eloïse avait arrêté la fac en 1942, au milieu de sa deuxième année, une semaine après avoir été surprise avec un soldat dans un ascenseur, au troisième étage de sa résidence. Mary Jane avait quitté la même promotion, la même année, presque le même mois, pour épouser un cadet de l'aviation cantonné à Jacksonville, en Floride ; un garçon maigre, passionné d'aéronautique, originaire de Dill, dans le Mississippi, qui avait passé en prison deux des trois mois qu'avait duré leur mariage pour avoir poignardé un M.P.[1]

— Non, disait Eloïse, en réalité, ils étaient *roux*.

---

1. Agent de la police militaire.

Elle était étendue sur le canapé, ses jambes fines mais très belles croisées à la hauteur des chevilles.

— J'ai entendu dire qu'ils étaient blonds, répéta Mary Jane, assise dans le fauteuil bleu à dossier droit. Machine a juré qu'ils étaient blonds.

— Non, non ! Absolument pas. (Eloïse bâilla.) J'étais pratiquement dans la *chambre* quand elle s'est teint les cheveux. Qu'est-ce qui se passe ? Il n'y a pas de cigarettes là-dedans ?

— Ne t'en fais pas. J'en ai un paquet entier. Quelque part.

Elle fouilla dans son sac.

— Cette abrutie de bonne, dit Eloïse sans bouger du canapé. Je lui ai mis deux cartouches toutes neuves sous le nez il n'y a pas une heure. Elle va venir dans un moment me demander ce qu'il faut en faire. Où diable en étais-je ?

— Thieringer, souffla Mary Jane en allumant une de ses cigarettes.

— Oh, oui. C'est comme si c'était hier. Elle les a teints la *veille* de son mariage avec Frank Henke. Tu te souviens de lui ?

— Vaguement, oui. Un deuxième classe un peu vieux. Extrêmement peu séduisant.

— Peu séduisant, Seigneur ! On aurait dit Bela Lugosi pas lavé !

Mary Jane rejeta la tête en arrière et rit bruyamment.

— Excellent.

Elle se remit d'aplomb pour boire.

— Passe-moi ton verre, dit Eloïse en posant les pieds par terre pour se mettre debout sur ses bas. Vraiment, quelle *abrutie* ! À part pousser Lew dans ses bras, j'ai tout fait pour la décider à venir ici. Si j'avais su… Où as-tu pris ça ?

— *Ça* ? Mary Jane porta la main à un camée sur sa gorge. Enfin, je l'avais déjà à l'école ! Il me vient de ma mère.

— Seigneur, dit Eloïse, un verre vide dans chaque main, je n'ai pas le moindre truc pieux à porter. Si jamais la mère de Lew meurt… Ah, ah ! Elle me laissera probablement un vieux pic à glace gravé à ses initiales, ou un truc dans le genre.

— Au fait, comment ça va avec elle, ces temps-ci ?

— Ne plaisante pas, répondit Eloïse en allant vers la cuisine.

— C'est vraiment le dernier pour moi, hein ! cria Mary Jane dans son dos.

— Tu parles ! *Qui* a appelé *qui* ? Et qui est arrivé avec deux heures de retard ? Tu vas rester ici jusqu'à ce que j'en aie marre de toi. Et tant pis pour ton avancement !

Mary Jane rejeta la tête en arrière et rit à nouveau bruyamment, mais Eloïse était déjà dans la cuisine.

Peu douée pour rester seule dans une pièce, Mary Jane se leva et alla à la fenêtre. Elle tira les rideaux et appuya son poing sur l'un des croisillons ; en sentant de la poussière, elle le retira, l'essuya de l'autre main et resta debout, toute droite. Dehors, la neige sale et boueuse commençait visiblement à geler. Elle referma les rideaux et revint vers le fauteuil bleu, sans jeter un regard, au passage, aux deux bibliothèques surchargées de livres. Une fois rassise, elle ouvrit son sac et sortit son miroir pour examiner ses dents. Elle pinça les lèvres, passa vigoureusement la langue sur ses dents de devant et les examina de nouveau.

— Qu'est-ce qu'il gèle dehors, dit-elle en se retournant. Bon sang, tu as fait vite. Tu n'as pas mis de soda dedans ?

Eloïse, un verre plein dans chaque main, s'arrêta net, tendit les deux index pour imiter des canons de revolver et lança :

— Que personne ne bouge ! J'ai fait cerner la baraque !

Mary Jane rit et rangea son miroir.

Eloïse s'avança avec les verres. Elle posa celui de Mary Jane de travers sur un dessous-de-verre et garda le sien dans la main. Elle se rallongea sur le canapé.

— Qu'est-ce que tu crois qu'elle fabrique à la cuisine ? Elle est assise sur son gros derrière noir et lit *La Tunique*. J'ai laissé tomber les bacs à glace en les retirant du réfrigérateur. Eh bien, elle a juste levé les yeux d'un air agacé.

— C'est mon dernier, je t'assure, dit Mary Jane en prenant son verre. Au fait, tu sais qui j'ai vu la semaine dernière ? Au rez-de-chaussée de Lord et Taylor's ?

— Voyons… dit Eloïse en arrangeant un coussin sous sa tête. Akim Tamiroff.

— *Qui ça* ? Qui est-ce ?

— Akim Tamiroff. Un acteur de cinéma, qui dit toujours : « Vous fai-re krosse plaisant-r-r-rie, hé ? » Je l'adore… Il n'y a pas un seul coussin potable dans cette maison. Qui as-tu vu ?

— Jackson. Elle était…

— Laquelle ?

— Je ne sais plus. Celle qui était avec nous en psycho, qui faisait toujours…

— Elles étaient toutes les deux avec nous en psycho.

— Eh bien, celle qui avait une super…

— Marcia Louise. Je suis tombée sur elle un jour moi aussi. Elle t'a cassé les oreilles ?

— Grand Dieu, oui. Mais tu sais ce qu'elle m'a annoncé ? Notre prof, Whiting, elle est morte. Barbara Hill lui avait écrit que Whiting avait un cancer depuis l'été dernier, et qu'elle était morte. À sa mort, elle pesait à peine trente kilos. C'est terrible, non ?

— Non.

— Eloïse, tu deviens de plus en plus dure.

— Mmm ! Qu'est-ce qu'elle a dit d'autre ?

— Oh, elle venait juste de rentrer d'Europe. Son mari était cantonné en Allemagne ou quelque chose comme ça, et elle était avec lui. Ils avaient une maison de quarante-sept pièces rien que pour eux et un autre couple, et au moins dix domestiques. Elle avait aussi son cheval, et leur garçon d'écurie avait été le maître d'équitation d'Hitler ou un truc du genre. Oh, et elle a commencé à me raconter qu'elle a failli se faire violer par un soldat de couleur. Au beau milieu de Lord et Taylor's ! Tu connais Jackson. Elle m'a dit que c'était le chauffeur de son mari, et qu'il la conduisait au marché, un matin. Elle m'a dit qu'elle avait si peur qu'elle n'a même pas…

— Attends une seconde.

Eloïse redressa la tête et haussa la voix :

— C'est toi, Ramona ?

— Oui, répondit une voix d'enfant.

— Ferme la porte d'entrée derrière toi, s'il te plaît.

— C'est Ramona ? Oh, il me tarde de la voir. Tu te rends compte, je ne l'ai pas vue depuis qu'elle a eu son…

— Ramona, cria Eloïse, les yeux fermés. Va dans la cuisine pour que Grace retire tes caoutchoucs.

— D'accord, fit Ramona. Viens, Jimmy.

— Oh, il me tarde de la voir, dit Mary Jane. Oh ! grand Dieu, regarde ce que j'ai fait ! Je suis absolument navrée.

— Ça ne fait rien, laisse. *Laisse* ! De toute manière, j'ai ce tapis en horreur. Je vais t'en chercher un autre.

— Non, il m'en reste plus de la moitié !

Mary Jane leva son verre pour lui montrer.

— Tu es sûre ? Passe-moi une cigarette.

Mary Jane lui tendit son paquet en disant :

— Oh, il me tarde de la voir. À qui elle ressemble, maintenant ?

Eloïse craqua une allumette.

— À Akim Tamiroff.

— Non, sérieusement.

— À Lew. Elle ressemble à Lew. Quand sa mère vient, ils ont l'air de triplés, tous les trois.

Sans se relever, Eloïse tendit le bras vers une pile de cendriers posée sur la table basse et réussit à attraper celui du dessus. Elle le plaça sur son ventre.

— Ce qu'il me faudrait, c'est un cocker ou quelque chose comme ça. Quelqu'un qui me ressemble.

— Comment vont ses yeux, maintenant ? Ils ne vont pas plus mal, si ?

— Mon Dieu, pas que je sache.

— Est-ce qu'elle voit quelque chose sans lunettes ? Je veux dire, quand elle se lève la nuit pour aller au petit coin, par exemple ?

— Elle n'en parle à personne. Elle est très à cheval sur ses petits secrets.

Mary Jane se retourna sur son fauteuil :

— Bonjour, Ramona ! Oh, quelle *jolie* robe !

Elle posa son verre.

— Je parie que tu ne te souviens pas de moi, Ramona.

— Mais si, elle se souvient. Qui est la dame, Ramona ?

— Mary Jane, dit Ramona, et elle se mit à se gratter.

— Fantastique ! dit Mary Jane. Ramona, tu viens m'embrasser ?

— Ça suffit, dit Eloïse à Ramona.

Ramona cessa de se gratter.

— Tu viens m'embrasser, Ramona ? répéta Mary Jane.

— J'aime pas embrasser les gens.

Eloïse s'ébroua :

— Où est Jimmy ?

— Il est ici.

— Qui est Jimmy ? demanda Mary Jane à Eloïse.

— Oh, grand Dieu ! Son petit ami. Va partout où elle va. Fait tout ce qu'elle fait. Sont inséparables.

— *Vraiment* ? dit Mary Jane avec enthousiasme.

Elle se pencha en avant :

— Tu as un petit ami, Ramona ?

Les yeux de Ramona, derrière ses verres épais, ne reflétaient pas l'ombre de l'enthousiasme de Mary Jane.

— Mary Jane t'a posé une question, Ramona.

Ramona fourra un doigt dans son petit nez camus.

— Ça suffit. Mary Jane te demande si tu as un petit ami.

— Oui, dit Ramona, tout occupée par son nez.

— Ramona ! Arrête ça tout de suite. Tout de suite.

Ramona laissa retomber sa main.

— Eh bien, je pense que c'est tout simplement fantastique, dit Mary Jane. Comment s'appelle-t-il ? Tu veux bien me dire son nom, Ramona ? Ou c'est un grand secret ?

— Jimmy.

— Jimmy ? Oh, j'adore ce prénom ! Jimmy quoi, Ramona ?

— Jimmy Jimmereeno.

— Tiens-toi tranquille, dit Eloïse.

— Eh bien, ça, c'est un nom ! Et où est Jimmy ? Tu veux bien me le dire, Ramona ?

— Ici.

Mary Jane regarda autour d'elle, puis se retourna vers Ramona avec son sourire le plus séducteur.

— Ici où, chérie ?

— *Ici*. Je le tiens par la *main*.

— Je ne comprends pas, dit Mary Jane à Eloïse, qui finissait son verre.

— Ce n'est pas moi qu'il faut regarder.

Mary Jane se retourna vers Ramona.

— Oh, je vois. Jimmy est juste un petit garçon imaginaire. Fantastique !

Elle se pencha en avant et demanda, sur un ton cordial :

— Comment vas-tu, Jimmy ?

— Il ne te répondra pas, dit Eloïse. Ramona, parle de Jimmy à Mary Jane.

— Pour dire *quoi* ?

— Tiens-toi droite, s'il te plaît… Raconte à Mary Jane comment est Jimmy.

— Il a des yeux verts et des cheveux noirs.

— Et puis ?

— Pas de maman et pas de papa.

— Et puis ?

— Pas de taches de rousseur.

— Et puis ?

— Une épée.

— Quoi encore ?

— Je ne sais pas, dit Ramona en recommençant à se gratter.

— Il a l'air très beau ! dit Mary Jane, et elle se pencha un peu plus en avant sur son fauteuil. Ramona, dis-moi : est-ce que Jimmy a aussi retiré ses caoutchoucs quand vous êtes rentrés ?

— Il a des bottes.

— Fantastique, dit Mary Jane à Eloïse.

— C'est toi qui le dis. Moi, j'en entends parler toute la journée. Jimmy mange avec elle, prend son bain avec elle, dort avec elle. Elle se couche en chien de fusil sur un seul côté du lit pour ne pas rouler sur lui et lui faire mal.

Apparemment fascinée et ravie par ce qu'on lui racontait, Mary Jane rentra la lèvre supérieure, puis ouvrit la bouche pour demander :

— Et d'où lui vient ce nom ?

— Jimmy Jimmereeno ? Dieu seul le sait.

— Probablement un petit garçon du voisinage ?

Eloïse secoua la tête en bâillant.

— Il n'y a pas de petits garçons dans le voisinage. Pas un seul enfant. Ils m'appellent Fanny la pondeuse derrière mon…

— Maman, je peux sortir jouer ?

Eloïse la regarda.

— Tu viens de rentrer.

— Jimmy veut encore sortir.

— Et pourquoi, si je puis me permettre ?

— Il a laissé son épée dehors.

— Oh, lui et sa maudite épée. Bon, vas-y, mais remets tes caoutchoucs.

— Peux la prendre ? demanda Ramona en attrapant une allumette consumée dans le cendrier.

— *Puis-je la prendre ?* Oui. Ne va pas dans la rue, s'il te plaît.

— Au revoir, Ramona ! dit Mary Jane d'une voix chantante.

— R'voir, répondit Ramona. Viens, Jimmy.

Eloïse se remit brusquement debout.

— Donne-moi ton verre.

— Non, vraiment, El. Je devrais déjà être à *Larchmont*. Je veux dire, Mr Weyinburg est si gentil, j'ai horreur de…

— Appelle-le et dis-lui qu'on vient de te tuer. Allez, donne-moi ce verre.

— Non, sincèrement, El. Je t'assure, il va geler et je n'ai quasiment pas d'antigel dans la voiture. Je t'assure, si je…

— Laisse geler. Va téléphoner. Dis que tu es morte. Donne-moi ça.

— Bon… Où est le téléphone ?

— Il est passé…, dit Eloïse en emportant les verres vides vers la salle à manger,… par ici !

Elle s'arrêta net sur la lame de parquet qui séparait le salon de la salle à manger, et la fit grincer en appuyant dessus avec le pied. Mary Jane eut un rire nerveux.

— En fait, tu n'as pas vraiment connu Walt, dit Eloïse.

Il était cinq heures moins le quart. Elle était étendue par terre sur le dos, un verre posé en équilibre sur sa poitrine menue.

— C'est le seul garçon que j'aie connu qui savait me faire rire. Je veux dire, *vraiment* rire.

Elle regarda Mary Jane.

— Tu te rappelles cette nuit, pendant notre dernière année, quand cette folle de Louise Hermanson s'est pointée dans la chambre avec un soutien-gorge noir qu'elle avait acheté à Chicago ?

Mary Jane acquiesça d'un rire. Étendue à plat ventre sur le canapé, le menton posé sur l'accoudoir, elle faisait face à Éloïse. Son verre était sur le sol, à portée de main.

— Eh bien, c'est comme ça qu'il savait me faire rire, reprit Eloïse. Il me faisait rire quand il me parlait. Il me faisait rire au téléphone. Il pouvait même me faire rire dans ses lettres. Et le plus fort, c'est qu'il n'essayait même pas d'être drôle. Il *était* drôle, voilà tout.

Elle tourna légèrement la tête vers Mary Jane.

— Ça t'ennuierait de me passer une cigarette ?

— Je ne peux pas les attraper.

— Ah, zut !

Eloïse regarda à nouveau le plafond.

— Une fois, je suis tombée. J'avais l'habitude de l'attendre à l'arrêt du bus, à la sortie du PX. Une fois, il est arrivé en retard, au moment où le bus démarrait. On s'est mis à courir derrière, je suis tombée et je me suis retourné l'ongle d'un orteil. Il a dit : « Pauvre oncle déglingué » en parlant de mon ongle. Il l'a appelé : « Pauvre oncle déglingué… » Ce qu'il était gentil.

— Lew n'a pas le sens de l'humour, lui aussi ?

— Quoi ?

— Lew n'a pas le sens de l'humour, lui aussi ?

— Oh, mon Dieu ! Qui sait ? Oui, sans doute. Il rit aux dessins animés et à ces trucs-là.

Eloïse leva la tête, prit son verre sur sa poitrine et but.

— Enfin, dit Mary Jane, ce n'est pas tout. Je t'assure, ce n'est pas tout.

— Qu'est-ce qui n'est pas tout ?

— Tu vois : rire, ce genre de trucs.

— Qui prétend que ça n'est pas tout ? Écoute, si on n'a pas l'intention de devenir bonne sœur, le mieux qu'on a à faire, c'est de rire.

Mary Jane rit nerveusement.

— Tu es terrible.

— Qu'est-ce qu'il était gentil ! Il était très drôle et très doux. Mais pas gentillet non plus. C'était une douceur très particulière. Tu sais ce qu'il a fait un jour ?

— Non, non.

— On était dans le train de Trenton et on rentrait à New York. C'était juste après sa mobilisation. Il faisait froid dans le compartiment et j'avais étendu mon manteau sur nous. Je me souviens que je portais le cardigan de Joyce Morrow. Tu te rappelles ce ravissant cardigan bleu qu'elle avait ?

Mary Jane acquiesça de la tête, mais Eloïse ne la regarda pas pour voir sa réponse.

— Il avait posé la main sur mon ventre, tu vois. Brusquement, il m'a dit que mon ventre était si beau qu'il souhaitait presque qu'un officier monte et lui ordonne de passer son autre main par la fenêtre. Qu'il voulait faire les choses dans les règles. Après, il a retiré sa main et dit au contrôleur de se tenir droit. Que s'il y avait une chose qu'il ne supportait pas, c'est bien un homme qui n'a pas l'air fier de son uniforme. Le contrôleur s'est contenté de lui dire de se rendormir.

Elle réfléchit un moment, puis reprit :

— Ce n'était pas forcément ce qu'il disait, mais sa façon de le dire, tu comprends.

— Tu as déjà parlé de lui à Lew ?

— Oh, j'ai commencé, une fois. Mais la première chose qu'il m'a demandée, c'était son grade.

— Quel était son grade ?

— Bah !

— Non, je veux dire seulement…

Eloïse éclata brusquement de rire, un rire de gorge.

— Tu sais ce qu'il a dit, un jour ? Il a dit qu'il sentait bien qu'il avançait dans l'armée, mais dans une direction différente des autres. Qu'à sa première promotion, au lieu d'obtenir des galons, il se ferait enlever les manches, et que lorsqu'il serait général, il serait complètement à poil. Tout ce qu'il porterait, ce serait un petit bouton d'infanterie sur le nombril.

Elle regarda Mary Jane qui ne riait pas.

— Tu ne trouves pas ça drôle ?

— Si. Seulement, pourquoi ne parlerais-tu pas de lui à Lew un jour ?

— Pourquoi ? Parce qu'il est vraiment trop bête, voilà pourquoi. D'autre part, écoute-moi bien, toi qui travailles. Si jamais tu te remaries, ne dis jamais rien à ton mari, tu m'entends ?

— Pourquoi ?

— Parce que je te le dis, voilà pourquoi. Il voudra croire que tu as passé ton temps à vomir chaque fois qu'un garçon s'approchait de toi. Je ne plaisante pas, je t'assure. Oh, tu pourras lui raconter des trucs. Mais jamais sincèrement. J'insiste : jamais *sincèrement*. Si tu lui dis que tu as connu un beau garçon, il faudra ajouter dans la foulée qu'il était *trop* beau. Et si tu lui dis que tu as connu un garçon intelligent, alors il faudra ajouter que c'était un Monsieur-je-sais-tout, ou un gros malin. Sinon, il te le ressortira à chaque occasion.

Eloïse s'interrompit et but une gorgée d'un air pensif.

— Oh, il t'écoutera très attentivement. Il prendra même un air très compréhensif. Mais ne te laisse pas avoir. Crois-moi. Tu souffriras mille morts si tu comptes un tant soit peu sur sa compréhension. Crois-moi sur parole.

Mary Jane, l'air déprimé, leva le menton de l'accoudoir du canapé. Pour changer, elle le posa sur son bras. Elle réfléchissait au conseil d'Eloïse.

— Tu ne peux pas dire que Lew est bête, dit-elle en élevant la voix.

— Ah bon ?

— Quand même, c'est un homme intelligent, non ? demanda-t-elle d'un ton ingénu.

— Oh ! À quoi bon parler ? Laisse tomber, je ne ferais que t'enlever tes illusions. Dis-moi de me taire.

— Pourquoi l'as-tu épousé, alors ?

— Mon Dieu ! Je ne sais pas. Il m'a dit qu'il adorait Jane Austen, que ses livres représentaient beaucoup pour lui. Exactement dans ces termes. J'ai découvert après notre mariage qu'il n'avait jamais lu *un seul* de ses livres. Tu sais qui est son auteur préféré ?

Mary Jane secoua la tête.

— L. Manning Vines. Tu connais ?

— Non…

— Moi non plus. Ni personne, d'ailleurs. Il a écrit un livre sur quatre hommes qui sont morts de faim en Alaska. Il ne se rappelle plus le titre, mais c'est le livre le plus *magnifiquement écrit* qu'il ait jamais lu. *Seigneur* !

Il n'a même pas l'honnêteté de dire franchement qu'il l'a aimé parce qu'il parle de quatre types qui sont morts de faim dans un igloo ou quelque chose comme ça. Il se sent obligé de dire qu'il est *magnifiquement écrit*.

— Tu es trop critique. Je t'assure, tu passes ton temps à critiquer. Peut-être, après tout, était-ce un bon…

— Crois-moi, c'est impossible.

Elle réfléchit un moment, puis ajouta :

— Au moins, toi, tu as ton travail. Tu vois, au moins…

— Écoute, quand même. Tu ne penses pas qu'un jour, tu lui diras au moins que Walt a été tué ? Je veux dire, il ne serait pas jaloux, non, s'il savait qu'il a été… Enfin, tu vois. Tué…

— Oh, adorable, innocente demoiselle-qui-travaille. Ce serait encore pire. Il se changerait en *vampire*. Écoute, tout ce qu'il sait, c'est que j'ai fréquenté un type qui s'appelait Walt. Un G.I. qui balançait des vannes. La dernière chose à faire, ce serait de lui dire qu'il s'est fait tuer. Vraiment la dernière ! Et si je le faisais – et je ne le ferai pas –, je lui dirais qu'il a été tué au combat.

Mary Jane poussa son menton plus avant sur son bras.

— El…

— Oui ?

— Pourquoi tu ne veux pas me dire comment il a été tué ? Je te *jure* que je ne le répéterai jamais à personne. Sincèrement. Je t'en prie.

— Non.

— Je t'en prie. Je le jure, je n'en parlerai jamais.

Eloïse finit son verre et le replaça, vide, sur sa poitrine.

— Tu le dirais à Akim Tamiroff.

— Non, je t'assure ! Je n'en parlerais strictement à…

— Oh, son régiment était cantonné quelque part. C'était entre deux opérations ou quelque chose comme ça, c'est ce qu'a dit son copain qui m'a écrit. Walt et un autre garçon étaient en train d'emballer un petit poêle japonais qu'un colonel voulait expédier chez lui. Ou bien ils le déballaient pour refaire le paquet, je ne sais plus bien. Toujours est-il qu'il était plein d'essence et de ferraille et qu'il leur a explosé à la figure. L'autre garçon a seulement perdu un œil.

Elle se mit à pleurer. Elle plaça une main autour de son verre vide pour le maintenir sur sa poitrine.

Mary Jane glissa du canapé et se traîna sur les genoux jusqu'à elle pour lui caresser le front.

— Ne pleure pas, El. Ne pleure pas.

— Qui pleure ?

— Je sais, mais ne pleure pas. Je t'assure, ça ne change rien.

La porte d'entrée s'ouvrit.

— C'est Ramona qui revient, dit Eloïse en reniflant. Rends-moi un service. Va à la cuisine et dis à Machine de la faire dîner tôt. Tu veux bien ?

— D'accord, si tu me promets de ne plus pleurer.

— C'est promis. Va. Je n'ai pas envie d'aller dans cette maudite cuisine pour l'instant.

Mary Jane se leva en titubant, puis retrouva l'équilibre et quitta la pièce.

Deux minutes plus tard, elle était de retour, précédée de Ramona, qui courait devant, les pieds bien à plat, pour faire le maximum de bruit avec ses caoutchoucs dégrafés.

— Elle ne veut pas que je lui retire ses caoutchoucs.

Eloïse, toujours allongée par terre sur le dos, était en train de se moucher. Elle parla à Ramona à travers son mouchoir.

— Sors de cette pièce et demande à Grace de t'enlever tes caoutchoucs. Tu sais que c'est défendu d'entrer dans…

— Elle est aux cabinets, répondit Ramona.

Eloïse écarta le mouchoir et se releva pour s'asseoir.

— Donne-moi ton pied. Assieds-toi d'abord, s'il te plaît. Non, pas là… Ici, grand Dieu !

Mary Jane, à genoux, cherchait ses cigarettes sous la table.

— Devine ce qui est arrivé à Jimmy, dit-elle.

— Aucune idée. L'autre pied. Non, *l'autre* pied.

— Il s'est fait écraser. Est-ce que ce n'est pas tragique ?

— J'ai vu Skipper avec un os, dit Ramona à Eloïse.

— Qu'est-ce qui est arrivé à Jimmy ? lui demanda Eloïse.

— Il s'est fait écraser et il est mort. J'ai vu Skipper avec un os, et il n'a pas voulu me…

— Fais-moi voir ton front une seconde.

Elle tendit la main et tâta le front de Ramona.

— Tu as l'air d'avoir un peu de fièvre. Va dire à Grace de te faire dîner en haut. Ensuite, tu iras te coucher directement. Je monterai tout à l'heure. Va-t'en, maintenant, s'il te plaît. Prends tes caoutchoucs.

Ramona sortit de la pièce lentement en faisant de grandes enjambées.

— Passe-m'en une, dit Eloïse à Mary Jane. On va reprendre un verre.

Mary Jane lui porta une cigarette.

— C'est quelque chose tout de même, cette histoire sur Jimmy ! Quelle imagination !

— Mmm. Tu vas chercher à boire ? Ramène la bouteille... Je ne veux pas aller là-bas. Toute la baraque sent le jus d'orange.

Quelques minutes après sept heures, le téléphone sonna. Eloïse se leva de la banquette devant la fenêtre et chercha à tâtons ses chaussures dans le noir, sans pouvoir les retrouver. Marchant sur ses bas, elle alla au téléphone d'un pas tranquille, presque langoureux. La sonnerie ne dérangea pas Mary Jane, qui dormait à plat ventre sur le canapé.

— Allô ! dit-elle sans allumer la lumière. Écoute, je ne peux pas venir te chercher. Mary Jane est ici. Elle a garé sa voiture devant la maison et ne trouve plus sa clef. Je ne peux pas sortir. On a passé vingt bonnes minutes à chercher dans ce... comment dit-on... la neige et tout le machin. Tu pourrais peut-être te faire déposer par Dick et Mildred. (Elle écouta.) Oh, eh bien, c'est embêtant, mon canard. Écoute, pourquoi est-ce que vous ne formez pas un peloton, les hommes, pour rentrer par rangs de deux. Vous pourriez dire votre truc, *gauche, droite, gauche, droite*. Vous feriez un sacré effet.

Elle écouta à nouveau.

— Je ne suis pas bizarre. Je t'assure, pas du tout. C'est juste un air.

Elle raccrocha.

Elle revint d'un pas moins assuré dans le salon. Sur la banquette, devant la fenêtre, elle versa dans son verre le reste de la bouteille de scotch. Ça faisait à peine un doigt. Elle le but, frissonna et s'assit.

Quand Grace alluma la lumière de la salle à manger, Eloïse sursauta. Sans se lever, elle lui cria :

— Ce n'est pas la peine que vous mettiez le couvert avant huit heures, Grace. Mr Wengler sera un peu en retard.

Grace apparut dans la lumière de la salle à manger, mais n'avança pas.

— La dame est partie ?

— Elle se repose.

— Mrs Wengler, je me demandais si vous seriez d'accord pour que mon mari passe la soirée ici. J'ai plein de place dans ma chambre et il a pas besoin de retourner à New York avant demain matin. Fait si mauvais dehors.

— Votre mari ? Où est-il ?

— En ce moment, dans la cuisine.

— Eh bien, je crains qu'il ne puisse pas passer la nuit ici, Grace.

— M'dame ?

— Je dis, je crains qu'il ne puisse pas passer la nuit ici. Je ne tiens pas un hôtel.

Grace resta sans bouger un moment, puis dit : « Oui, M'dame », et retourna à la cuisine.

Eloïse sortit du salon et monta l'escalier, faiblement éclairé par la lumière de la salle à manger. Un des caoutchoucs de Ramona traînait sur le palier. Elle le ramassa et le lança de toutes ses forces par-dessus la rampe. Il rebondit violemment sur le sol du rez-de-chaussée.

Elle alluma la lumière de la chambre de Ramona en laissant son doigt appuyé sur le commutateur et la regarda un instant, immobile. Puis elle lâcha le commutateur et alla jusqu'au lit en quelques pas rapides.

— Ramona, réveille-toi. Réveille-toi !

Ramona dormait sur un bord du lit, la fesse droite en dehors. Soigneusement pliées, verres au-dessus, ses lunettes étaient posées sur une petite table de nuit décorée d'un Donald Duck.

— *Ramona* !

L'enfant se réveilla en aspirant l'air précipitamment. Elle ouvrit largement les yeux mais les referma aussitôt.

— Maman ?

— Je croyais que tu m'avais dit que Jimmy Jimmereeno s'était fait écraser et qu'il était mort.

— Quoi ?

— Tu m'as bien entendue. Pourquoi dors-tu comme ça, sur le bord ?

— Parce que.

— Parce que quoi ? Ramona, je n'ai pas envie de…

— Parce que je ne veux pas faire de mal à Mickey.

— À *qui* ?

— Mickey. (Ramona se frotta le nez.) Mickey Mickeranno.

Eloïse se mit à crier.

— Reviens au milieu de ce lit ! *Allez* !

Ramona, effrayée, se contenta de regarder sa mère.

— Très bien !

Eloïse empoigna les chevilles de Ramona et, moitié soulevant, moitié tirant, la ramena au milieu du lit. Ramona ne se débattit pas, ne pleura pas. Elle se laissa faire, inerte, mais sans céder.

— Maintenant, tu vas dormir, dit Eloïse d'une voix essoufflée. Ferme les yeux… Tu m'entends, *ferme* les yeux.

Ramona ferma les yeux.

Eloïse alla vers le commutateur et l'éteignit. Elle resta un long moment sur le pas de la porte. Puis, soudain, elle se précipita dans le noir vers la table de nuit. Elle se cogna le genou contre le bois du lit, mais elle était trop concentrée pour sentir la douleur. Elle prit les lunettes de Ramona dans ses deux mains et les pressa contre sa joue. Des larmes roulaient sur son visage, mouillant les verres. « Pauvre vieil oncle déglingué, répétait-elle. Pauvre vieil oncle déglingué. » Pour finir, elle remit les lunettes en place sur la table de nuit, verres en dessous.

Elle se pencha, perdant l'équilibre, et commença à border les couvertures du lit. Ramona ne dormait pas. Elle pleurait depuis un moment. Eloïse l'embrassa doucement sur la bouche, écarta ses cheveux de devant ses yeux, puis quitta la pièce.

Elle descendit, cette fois en titubant franchement, et réveilla Mary Jane.

— *Quèssecé* ? Qui est-ce ? *Houh* ! dit Mary Jane en se dressant brusquement sur le canapé.

— Mary Jane… Écoute, je t'en prie, dit Eloïse en sanglotant. Tu te rappelles la première année, à la fac, quand j'avais cette robe marron et jaune que j'avais achetée à Boise, que Miriam Ball m'a dit que personne ne portait ce genre de robe à New York, et que j'en ai pleuré toute la nuit ?

Elle secoua le bras de Mary Jane.

— J'étais une chic fille, non ? demanda-t-elle sur un ton suppliant.

Juste avant la guerre avec les Esquimaux

Cela faisait cinq samedis matin de suite que Ginnie Mannox jouait au tennis aux East Side Courts avec Selena Graff, une camarade du cours de Miss Basehaar. Ginnie ne se cachait pas de considérer Selena comme le plus beau cancre du cours de Miss Basehaar – qui ne manquait pourtant pas de cancres dignes de ce nom – mais, d'un autre côté, il n'y avait personne, à sa connaissance, pour apporter autant de balles de tennis neuves que Selena. Le père de Selena les fabriquait, ou quelque chose de ce genre. (Un soir, au dîner, Ginnie avait évoqué pour sa famille ce que devait être un grand dîner chez les Graff, avec un domestique parfaitement stylé qui s'approchait de chaque invité par la gauche et lui présentait, non un verre de jus de tomate, mais une boîte de balles de tennis.) Toujours est-il que la petite habitude de déposer Selena chez elle en taxi après le tennis, et d'avoir chaque fois à régler la course toute seule commençait à lui taper sur les nerfs. Après tout, c'était Selena qui avait eu l'idée de revenir non en bus, mais en taxi. Et le cinquième samedi, alors que la voiture remontait York Avenue, Ginnie éclata brusquement.

— Dis donc, Selena…

— Quoi ?

Selena était occupée à passer la main sur le tapis de sol du taxi.

— Je ne retrouve plus la housse de ma raquette ! gémit-elle.

Malgré la chaleur de cette journée de mai, les deux filles portaient un manteau par-dessus leur short.

— Tu l'as mise dans ta poche. Eh, écoute un peu…

— Formidable ! Tu me sauves la vie !

— Écoute, dit Ginnie, qui se moquait bien de la gratitude de Selena.

— Quoi ?

Ginnie décida d'y aller carrément. Le taxi approchait de la rue de Selena.

— Aujourd'hui, j'ai pas envie d'être encore la seule à payer le taxi. J'suis pas milliardaire, tu sais.

Selena eut l'air d'abord stupéfaite, puis vexée.

— Je ne paie pas toujours la moitié ? demanda-t-elle innocemment.

— Non, répondit Ginnie sur un ton catégorique. Tu as payé la moitié le *premier* samedi. Au début du mois dernier. Depuis, pas une fois. Je ne veux pas être radine, mais il faut que je m'en sorte avec quatre dollars et demi par semaine, et en plus, je dois…

— C'est toujours moi qui apporte les balles de tennis, non ? dit sèchement Selena.

Il y avait des moments où Ginnie l'aurait volontiers étranglée.

— Ton père les *fabrique*, ou quelque chose comme ça. Ça ne te coûte pas un rond ! Moi, il faut que je les sorte pour la moindre…

— O.K., O.K., coupa Selena d'une voix suffisamment haute et tranchante pour garder le dernier mot. L'air agacé, elle fouilla les poches de son manteau.

— Je n'ai que trente-cinq cents sur moi, dit-elle froidement. C'est assez ?

— Non, je suis désolée, mais tu me dois un dollar soixante-cinq. J'ai noté toutes les…

— Il va falloir que je monte les demander à maman. Ça peut attendre jusqu'à *lundi*, non ? Je les apporterai à la gym, si ça peut te faire plaisir.

L'attitude de Selena n'incitait guère à la conciliation.

— Non. Je dois aller au ciné ce soir. J'en ai besoin.

Jusqu'à l'arrêt du taxi devant l'immeuble de Selena, les deux filles regardèrent fixement par les vitres opposées de la voiture dans un silence hostile. Selena, assise du côté du trottoir, descendit la première. Laissant la portière à peine entrouverte, elle pénétra dans l'immeuble avec la démarche pressée et l'air absent d'une reine de Hollywood. Ginnie, le visage en feu, régla la course. Puis elle ramassa ses affaires de tennis – raquette, serviette-éponge, casquette – et suivit Selena. À quinze ans, elle mesurait près d'un mètre soixante-quinze et portait des chaussures pointure 40 ; lorsqu'elle s'engouffra dans le hall de l'immeuble, son allure pataude, sur ses semelles de caoutchouc, ne lui donnait pas un air très sérieux. Selena jugea préférable de ne pas quitter des yeux le cadran au-dessus de l'ascenseur.

— Ça fait un dollar quatre-vingt-dix que tu me dois, dit Ginnie en venant vers elle à grandes enjambées.

Selena se retourna.

— Ça t'intéressera peut-être de savoir que maman est gravement malade.

— Qu'est-ce qu'elle a ?

— Elle est au bord de la pneumonie, et si tu crois que ça m'amuse de la déranger uniquement pour une histoire d'argent…

Selena assena sa phrase inachevée avec tout l'aplomb qu'elle put.

Ginnie fut quelque peu désarçonnée par cette nouvelle, vraie ou fausse, mais pas au point de s'attendrir.

— Ce n'est pas à elle que j'ai prêté de l'argent.

Elle suivit Selena dans l'ascenseur.

Au coup de sonnette de Selena, les deux filles furent introduites dans l'appartement – ou plus exactement, la porte fut tirée et laissée entrebâillée par une bonne de couleur à qui Selena, sembla-t-il, n'adressait plus la parole. Ginnie laissa ses affaires sur une chaise de l'entrée et suivit Selena. Dans le salon, celle-ci se retourna et dit :

— Ça ne te fait rien d'attendre ici ? Il faudra peut-être que je réveille maman.

— O.K. ! répondit Ginnie en se laissant tomber sur un sofa.

— Jamais je n'aurais cru que tu puisses être aussi mesquine.

Selena était suffisamment en colère pour employer le mot « mesquine », mais pas assez courageuse pour insister dessus.

— Maintenant, tu es renseignée.

Ginnie ouvrit un numéro de *Vogue* devant ses yeux et le garda dans cette position jusqu'à ce que Selena fût sortie, puis reposa le magazine sur le poste de radio. Elle examina la pièce et la remeubla en imagination, éliminant les lampes, retirant les fleurs artificielles. À son avis, c'était un salon absolument hideux – du mauvais goût hors de prix.

Une voix d'homme retentit tout à coup à l'autre bout de l'appartement.

— *C'est toi, Eric* ?

Ginnie supposa qu'il s'agissait du frère de Selena, qu'elle n'avait jamais vu. Elle croisa ses longues jambes, ramena sur ses genoux les pans de son manteau et attendit.

Un jeune homme à lunettes, en pyjama, pieds nus, fit irruption dans la pièce, la bouche ouverte.

— Oh ! Seigneur, je croyais que c'était Eric !

Sans s'arrêter, il traversa dans cette tenue le salon, en serrant quelque chose contre sa poitrine étroite, et s'assit à l'autre extrémité du sofa.

— Je viens de me couper le doigt, dit-il rageusement.

Il regarda Ginnie comme s'il s'était attendu à la trouver assise là.

— Vous vous êtes déjà coupé le doigt ? Jusqu'à l'os ?

Il y avait une note suppliante dans sa voix criarde, comme si Ginnie, en répondant, devait lui épargner la pénible corvée de rompre la glace. Elle le fixa avec de grands yeux.

— Eh bien, pas vraiment jusqu'à l'*os*. Mais je me suis déjà coupée.

C'était le garçon ou l'homme – difficile de dire ce qu'il était – le plus bizarre qu'elle ait jamais vu. À ses cheveux, on voyait qu'il sortait du lit, sa barbe blonde et clairsemée datait de deux jours, et il n'avait pas l'air très… futé.

— Vous vous êtes fait ça comment ?

Il contemplait son doigt blessé, bouche bée, lèvre molle.

— Quoi ?

— Vous vous êtes coupé comment ?

— Infoutu de le dire, répondit-il sur un ton qui impliquait que la réponse à cette question resterait à jamais obscure. Je cherchais quelque chose dans cette fichue corbeille à papier, et elle était pleine de lames de rasoir.

— Vous êtes le frère de Selena ?

— Ouais. Seigneur, je me vide ! Restez là. On sait jamais, si j'ai besoin d'une bon Dieu de transfusion.

— Vous avez mis quelque chose dessus ?

Il écarta lentement son doigt de sa poitrine et l'exhiba à Ginnie.

— Juste un bout de papier hygiénique. Ça arrête le sang. Pareil que quand on se coupe en se rasant.

Il la regarda de nouveau.

— Qui êtes-vous ? Une amie de la bécasse ?

— On est dans la même classe.

— Ah oui ? C'est quoi, votre nom ?

— Virginia Mannox.

— C'est vous, Ginnie ? dit-il en la regardant fixement à travers ses lunettes. C'est vous, Ginnie Mannox ?

— Oui.

Elle décroisa les jambes. Le frère de Selena ramena les yeux sur son doigt qui était manifestement pour lui le seul et unique point d'intérêt dans toute la pièce.

— Je connais votre sœur, dit-il d'une voix indifférente. Une sacrée bêcheuse.

Ginnie se redressa.

— *Qui* ça ?

— Vous m'avez entendu.

— Ce n'est *pas* une bêcheuse.

— Tu parles qu'elle l'est pas.

— Non, elle l'est *pas* !

— Bien sûr que si, qu'elle l'est. C'est la reine. La reine de la Confrérie des bêcheuses.

Elle le vit soulever le papier hygiénique replié sur son doigt et jeter un coup d'œil dessous.

— Vous ne la connaissez même pas.

— Tu parles, que je la connais pas.

— Comment elle s'appelle ? Quel est son prénom ?

— Joan… Joan la bêcheuse.

Ginnie resta une seconde silencieuse.

— Comment elle est ? demanda-t-elle soudain.

Pas de réponse.

— Comment elle est ? répéta-t-elle.

— Elle serait seulement à moitié aussi jolie qu'elle le *croit*, elle aurait déjà une sacrée veine.

Pour Ginnie, c'était une réponse qui avait de l'allure, mais elle n'en dit rien.

— Je l'ai jamais entendue parler de vous.

— Ça me fend le cœur. Ça me fend le cœur, pouvez pas savoir.

— De toute manière, elle est fiancée, lança-t-elle en l'observant avec attention. Elle se marie le mois prochain.

— Avec qui ? demanda-t-il en levant les yeux.

Ginnie profita de l'avantage qu'il lui donnait en la regardant.

— Son nom ne vous dira rien.

Il se remit à tripoter son pansement de fortune.

— Je le plains.

Ginnie rit bruyamment.

— Ça pisse toujours le sang. Pensez pas qu'il faudrait mettre quelque chose dessus ? Qu'est-ce qu'on met là-dessus ? Du Mercurochrome ?

— Il vaudrait mieux de la teinture d'iode.

Puis, sentant que sa réponse était trop polie étant donné les circonstances, elle ajouta :

— Le Mercurochrome n'est *pas du tout* fait pour ça.

— Pourquoi pas ? Qu'est-ce que vous avez contre ?

— C'est pas bon pour votre truc, c'est tout. Ce qu'il vous faut, c'est de la teinture d'iode.

Il la regarda.

— Ça pique beaucoup, non ? C'est pas ce truc qui pique vachement ?

— Ça *pique*, mais ça ne va quand même pas vous tuer.

Sans paraître se formaliser du ton de Ginnie, le frère de Selena ramena les yeux sur son doigt.

— J'aime pas quand ça pique.

— Personne n'aime ça.

Il acquiesça du menton.

— Ouais, je sais.

Ginnie l'observa un instant en silence.

— Cessez de le tripoter, dit-elle tout à coup.

Comme touché par une décharge électrique, il retira vivement son autre main de la blessure et se redressa un peu, ou, plus exactement, fit ce qu'il pouvait pour n'être pas complètement affalé. Il se mit à contempler fixement l'autre bout de la pièce. Une expression presque rêveuse avait envahi son visage aux traits irréguliers. Il introduisit l'ongle de son index valide entre deux dents du devant et, tout en se tournant vers Ginnie, fit sauter un reste de nourriture.

— Déjà bouffé ?

— Quoi ?

— Z'avez déjeuné ?

Elle secoua la tête.

— Je mangerai en rentrant. Ma mère prépare toujours le déjeuner pour quand je rentre.

— J'ai la moitié d'un sandwich au poulet dans ma chambre. Vous en voulez ? J'y ai pas touché ni rien.

— Non, merci. Vraiment.

— Vous venez de jouer au tennis, Seigneur. Vous avez pas faim ?

— Ce n'est pas ça. C'est plutôt que ma mère tient le déjeuner prêt pour mon retour. Ça la rend malade si je n'ai pas faim, vous comprenez ?

Le frère de Selena parut accepter l'explication. Du moins, il hocha la tête et regarda ailleurs. Mais aussitôt, il se retourna :

— Vous voulez un verre de lait ?

— Non, merci… merci, je vous assure.

Machinalement, il se pencha et gratta sa cheville nue.

— C'est quoi, le nom du type avec qui elle se marie ?

— C'est de Joan que vous parlez ? Dick Heffner.

Il continua de se gratter la cheville.

— Il est lieutenant dans la marine.

— Sans blague !

Ginnie rit bêtement. Elle le regarda faire jusqu'à ce que sa cheville devînt rouge. Quand il commença à gratter du bout de l'ongle un petit bouton sur son mollet, elle détourna les yeux.

— Comment avez-vous connu Joan ? Je ne vous ai jamais vu à la maison.

— Jamais mis les pieds dans votre bicoque.

Elle attendit, mais rien ne suivit sa déclaration.

— Vous l'avez rencontrée où, alors ?

— À une soirée, dit-il.

— À une soirée ? Quand ?

— Je ne sais plus. Noël 42.

Avec deux doigts, il tira de la poche poitrine de son pyjama une cigarette qui donnait l'impression qu'il avait dormi dessus.

— Pouvez m'passer les allumettes ?

Ginnie prit, sur la table à côté d'elle, une boîte d'allumettes qu'elle lui tendit. Il alluma sa cigarette sans la redresser, puis replaça l'allumette consumée dans la boîte. Rejetant la tête en arrière, il souffla lentement par la bouche une énorme quantité de fumée, qu'il inspira ensuite par les narines. Il continua de fumer ainsi, « à la française ». Il ne s'agissait probablement pas des simagrées d'un frimeur sur son sofa, mais plutôt de l'incarnation du jeune homme qui, à un moment ou un autre, aurait essayé de se raser de la main gauche.

— Pourquoi Joan est-elle une bêcheuse ? demanda Ginnie.

— Pourquoi ? Parce qu'elle l'est. Comment diable je saurais pourquoi ?

— Non, je veux dire : pourquoi dites-vous que c'est une bêcheuse ?

Il se tourna vers elle d'un air las.

— Écoutez. Je lui ai écrit huit bafouilles. *Huit* ! Elle n'a pas répondu à une seule.

Elle hésita.

— Peut-être qu'elle était occupée.

— Ouais, c'est ça. Occupée. Occupée comme une foutue marmotte, oui.

— Pourquoi jurez-vous tant que ça ?

— Merde, c'est vrai que je parle mal.

Ginnie eut un rire bref.

— De toute manière, vous la connaissez depuis combien de temps ?

— Depuis assez longtemps, en tout cas.

— Je veux dire, vous lui avez déjà téléphoné, par exemple ? Enfin, vous comprenez, vous lui avez déjà téléphoné ou…

— Non.

— Bon, alors, si vous ne lui avez jamais téléphoné…

— Je ne pouvais pas, bon Dieu !

— Pourquoi ?

— J'étais pas à New York.

— Vous étiez où ?

— Moi ? Dans l'Ohio.

— Oh ! Vous étiez à la fac ?

— Du tout ! Me suis cassé.

— Oh ! Vous étiez dans l'armée ?

— Non plus.

De la main qui tenait la cigarette, il se tapota le côté gauche de la poitrine.

— Le palpitant.

— Votre cœur ? Qu'est-ce qu'il a, votre cœur ?

— J'en sais fichtre rien, ce qu'il a. J'ai eu une maladie rhumatismale étant gosse. Une putain de douleur dans…

— Mais on ne vous a pas interdit de fumer ? On n'est pas censé s'arrêter de fumer ? Le docteur a dit à…

— Bah ! Ils racontent tellement de salades.

Elle se tut un court instant, très court.

— Qu'est-ce que vous faisiez dans l'Ohio ?

— Moi ? Je travaillais dans une foutue usine d'aviation.

— Ah bon ? Ça vous plaisait ?

— Ça vous plaisait ? répéta-t-il en la singeant. J'adorais ça. J'ai toujours été fana des avions. C'est si *mignon* !

Ginnie était trop lancée pour se vexer.

— Combien de temps avez-vous travaillé là-bas ? Dans l'usine ?

— J'en sais rien, bon Dieu. Trente-sept mois.

Il se leva et se dirigea vers la fenêtre. Il contempla la rue en se grattant la colonne vertébrale avec le pouce.

— Regardez-les. Cette bande de cons !

— Qui ?

— Je sais pas, tout le monde.

— Si vous le tenez *en bas* comme ça, votre doigt va saigner encore plus.

Il obéit. Il appuya son pied gauche sur le rebord de la fenêtre et posa sa main blessée sur sa cuisse, bien horizontale. Il continua de regarder dans la rue.

— Ils se précipitent tous à ce satané conseil de révision. À la prochaine, on se bat contre les Esquimaux. Vous le saviez ?

— Les quoi ?

— Les Esquimaux ! Ouvrez les esgourdes, nom d'un chien !

— Pourquoi les Esquimaux ?

— J'en sais rien, pourquoi ! Comment voulez-vous que je le sache, bon Dieu ? Cette fois-ci, on prendra les vioques. Les mecs autour de soixante ans. On prendra personne qui ait moins de soixante ans ou à peu près. Le tout est de leur faire faire moins d'heures, voilà tout !… Une idée de génie !

— De toute façon, *vous* ne seriez pas obligé d'y aller, dit Ginnie, sans mauvaise intention, mais sachant bien avant d'avoir fini sa phrase qu'elle faisait une gaffe.

— Je sais, répondit-il vivement.

Il retira son pied du bord de la fenêtre, qu'il ouvrit, et jeta sa cigarette dans la rue d'une pichenette. Il se retourna, le dos à la fenêtre.

— Hé, rendez-moi un service. Quand le mec arrivera, dites-lui que je serai prêt dans deux secondes. J'ai plus qu'à me raser. O.K. ?

Ginnie fit oui de la tête.

— Vous voulez que je dise à Selena d'activer ? Elle sait que vous êtes là ?

— Oui, elle sait que je suis là. Je ne suis pas pressée, merci.

Il hocha la tête, puis regarda une dernière fois, longuement, son doigt blessé, comme pour vérifier s'il était en état de refaire le trajet jusqu'à sa chambre.

— Pourquoi ne mettez-vous pas un pansement adhésif dessus ? Vous n'en avez pas ?

— Non. Oh, vous faites pas de bile.

Il sortit de la pièce en traînant les pieds.

Quelques secondes après, il était de retour avec la moitié de sandwich.

— Mangez ça. C'est bon.

— Vraiment, je n'ai pas…

— Prenez-le, bon Dieu. Je l'ai pas empoisonné.

Ginnie prit la moitié de sandwich.

— Bien, merci beaucoup.

— Il est au poulet, dit-il, restant là à la regarder. Je l'ai acheté hier soir dans une putain de charcuterie.

— Il a l'air très bon.

— Eh bien, mangez-le.

Ginnie en prit une bouchée.

— C'est bon, hein ?

Elle avala avec difficulté.

— Très.

Le frère de Selena hocha la tête. Il parcourut la pièce d'un regard absent, en se grattant le sternum.

— Bon, eh bien, je crois que je ferais mieux d'aller m'habiller… Merde, on sonne ! À tout à l'heure.

Il sortit.

Une fois seule, Ginnie chercha autour d'elle, sans se lever, un endroit où jeter ou cacher le sandwich. En entendant quelqu'un traverser le hall d'entrée, elle le fourra dans la poche de son manteau.

Un homme d'une trentaine d'années, ni petit ni grand, entra dans la pièce. Ses traits réguliers, ses cheveux courts, la coupe de son costume, le motif de sa cravate ne la renseignèrent guère sur son compte. Il aurait pu faire partie, ou essayer de faire partie, de l'équipe d'un journal. Il aurait pu jouer dans une pièce de théâtre qu'on venait de donner à Philadelphie. Il aurait pu travailler dans un cabinet d'avocats.

— Bonjour, lança-t-il cordialement à Ginnie.

— Bonjour.

— Vous avez vu Franklin ?

— Il se rase. Il m'a demandé de vous dire de l'attendre. Il en a pour une minute.

— Oh, mon Dieu ! Il se *rase* !

Le jeune homme regarda sa montre-bracelet. Puis il s'assit dans un fauteuil de damas rouge, croisa les jambes et prit son visage entre ses mains. Soit à cause de la fatigue, soit parce que ses yeux fatigués le faisaient souffrir, il se frotta longuement les paupières du bout des doigts.

— Je viens de passer la plus affreuse matinée de mon existence, dit-il en écartant les mains.

Sa voix venait de sa gorge, comme s'il était trop épuisé pour se servir de ses poumons.

— Qu'est-ce qui vous arrive ? demanda Ginnie en le regardant.

— Oh… C'est une longue histoire. Je n'ai pas l'habitude d'ennuyer les gens que je ne connais pas au moins depuis dix siècles.

Il lança un regard maussade en direction des fenêtres.

— En tout cas, jamais plus je ne prétendrai connaître la nature humaine, même superficiellement. Vous pouvez me croire sur parole.

— Qu'est-ce qui vous arrive ? répéta Ginnie.

— Oh, mon Dieu ! L'individu qui partage mon appartement depuis des mois, des mois, et encore des mois… Tenez, je ne veux même plus en parler… Cet *écrivain* ! ajouta-t-il avec satisfaction, se rappelant probablement l'anathème favori d'un roman d'Hemingway.

— Qu'est-ce qu'il vous a fait ?

— *Franchement*, il vaut mieux que je ne rentre pas dans les détails.

Il prit une cigarette dans un paquet à lui, sans prêter attention au coffret translucide en évidence sur la table, et l'alluma avec son briquet. Ses mains étaient grandes.

Elles n'avaient pas l'air particulièrement fortes, adroites ou délicates. Pourtant, il les mouvait comme si elles possédaient un pouvoir esthétique incontrôlable.

— J'ai décidé de ne plus y penser. Mais je suis tellement furieux ! Cet ignoble individu débarque d'Altoona, en Pennsylvanie – ou un *patelin* de ce genre –, avec tout l'air de mourir de faim. Je suis assez bon et compréhensif – le vrai Samaritain, garanti d'origine – pour l'*amener* chez moi : un appartement microscopique, où je peux à peine remuer. Je le présente à *tous* mes amis. Je le laisse encombrer *tout* mon appartement avec ses horribles manuscrits, ses mégots, ses ordures, et j'en passe. Je lui présente *tous* les producteurs de théâtre de New York. Je trimballe ses chemises sales de chez moi au blanchisseur et retour. Et le bouquet…

Il reprit son souffle.

— Et en récompense de ma gentillesse, de ma compréhension, il s'est tiré à l'anglaise ce matin entre cinq et six, sans même laisser un mot, en emportant tout ce qui tombait sous ses sales pattes.

Il fit une pause pour tirer une bouffée de sa cigarette et exhala la fumée en un mince filet sinueux.

— Tenez, je ne veux même plus en parler. Terminé.

Il lança un regard à Ginnie.

— J'adore votre manteau.

Il était déjà levé de son fauteuil. Il traversa la pièce et prit le revers du manteau de Ginnie entre ses doigts.

— Il est ravissant. C'est le premier poil de chameau de bonne qualité que je vois depuis la guerre. Puis-je vous demander où vous l'avez acheté ?

— Ma mère l'a rapporté de Nassau.

Il hocha la tête d'un air entendu et retourna à son fauteuil.

— C'est l'un des rares endroits où l'on peut encore trouver du poil de chameau de bonne qualité.

Il s'assit.

— Elle y est restée longtemps ?

— Quoi ?

— Votre mère, elle y est restée longtemps ? Je vous demande ça parce que la mienne y était en décembre. Et une partie de janvier. D'habitude, j'y vais avec elle, mais cette année a été si compliquée que je n'ai pas pu m'absenter.

— Elle y était en février.

— Épatant. Où est-elle descendue ? Vous savez ?

— Chez ma tante.

Il hocha la tête.

— Puis-je vous demander votre nom ? Vous êtes une amie de la sœur de Franklin, je suppose ?

— Nous sommes dans la même classe, dit Ginnie, ne répondant qu'à la dernière question.

— Vous n'êtes pas la fameuse Maxine dont parle Selena, si ?

— Non.

Le jeune homme se mit soudain à brosser le bas de son pantalon du plat de la main.

— Je suis couvert de poils de chien des pieds à la tête. Ma mère est partie à Washington pour le week-end, et elle a laissé son cabot dans *mon* appartement. Il est mignon comme tout, mais mal élevé comme il n'est pas permis. Vous avez un chien ?

— Non.

— À dire vrai, je trouve que c'est cruel de les garder en ville.

Il cessa de se frotter, se renfonça dans son fauteuil et regarda une nouvelle fois sa montre.

— Ce garçon n'est *jamais* à l'heure. Nous allons voir *La Belle et la Bête* de Cocteau, et c'est précisément un film dont il ne faut pas rater le début. Sinon, on perd tout le charme. Vous l'avez vu ?

— Non.

— Oh ! Il faut absolument ! Je l'ai vu huit fois. C'est du génie à l'état pur. Ça fait des mois que *j'essaie* d'emmener Franklin le voir.

Il secoua la tête avec désespoir.

— Les goûts qu'il a ! Pendant la guerre, nous avons travaillé tous les deux dans le même horrible endroit, et ce petit me traînait toujours voir des films impossibles. Des films de gangsters, des westerns, des *comédies musicales* !…

— Vous avez travaillé à l'usine d'aviation, vous aussi ?

— Mon Dieu, oui. Pendant des années et des années. Ne parlons pas de ça, je vous en prie.

— Vous avez le cœur malade, vous aussi ?

— Grand Dieu, non ! Je touche du bois !

Il frappa deux coups secs sur le bras du fauteuil.

— J'ai une constitution de…

Quand Selena entra dans la pièce, Ginnie se leva vivement pour aller à sa rencontre. Selena avait remplacé son short par une robe, ce qui, d'ordinaire, aurait agacé Ginnie.

— Désolée de t'avoir fait attendre, dit Selena par pure politesse. Mais il a fallu que j'attende que maman se réveille… Hello, Eric.

— Hello, hello !

— De toute façon, je ne veux plus de cet argent, murmura Ginnie pour n'être entendue que de Selena.

— Quoi ?

— J'ai réfléchi. Tu comprends, c'est toi qui apportes tout le temps les balles et tout ça. J'avais oublié.

— Mais tu disais que puisque je n'avais pas à les payer…

— Accompagne-moi à la porte.

Ginnie passa devant Eric sans lui dire au revoir.

— Je croyais que tu m'avais dit que tu allais au cinéma ce soir et que tu avais besoin d'argent ? dit Selena dans l'entrée.

— Je suis trop fatiguée.

Ginnie se pencha et rassembla ses affaires de tennis.

— Écoute, je t'appellerai après dîner. Tu fais quelque chose, ce soir ? Je pourrai peut-être passer te voir ?

Selena la regarda, étonnée, et dit :

— O.K. !

Ginnie ouvrit la porte d'entrée, se dirigea vers l'ascenseur et appuya sur le bouton d'appel.

— J'ai fait la connaissance de ton frère.

— Ah oui ? Il est curieux, hein ?

— Qu'est-ce qu'il fait ? demanda Ginnie d'un air détaché. Il travaille, ou… ?

— Il vient d'arrêter. Papa veut qu'il retourne en fac, mais il ne veut pas.

— Pourquoi ?

— Je n'en sais rien. Il dit qu'il est trop vieux, tout ça.

— Quel âge il a ?

— Je ne sais pas. Vingt-quatre ans.

Les portes de l'ascenseur s'ouvrirent.

— Je t'appelle tout à l'heure, dit Ginnie.

Une fois sortie de l'immeuble, elle partit vers Lexington Avenue pour prendre son bus. Entre la Troisième Avenue et Lexington, elle chercha son porte-monnaie dans sa poche et trouva la moitié de sandwich. Elle le sortit, abaissa le bras pour le laisser tomber dans la rue, mais en définitive, le remit dans sa poche. Quelques années auparavant, elle avait mis trois jours à se débarrasser d'un poussin de Pâques qu'elle avait trouvé mort dans de la sciure, au fond de sa corbeille à papier.

L'Homme hilare

En 1928 – j'avais alors neuf ans –, je faisais partie, avec le maximum d'*esprit de corps*[1], d'une organisation connue sous le nom de Club Comanche. Les jours de classe, à trois heures de l'après-midi, nous étions vingt-cinq Comanches à être pris en charge par notre chef à la sortie de l'école communale 165, 109e rue, près d'Amsterdam Avenue. Nous nous entassions en jouant des pieds et des épaules dans le vieil autobus reconverti du chef, et il nous conduisait à Central Park (moyennant un arrangement financier avec nos parents). Le reste de l'après-midi, si le temps le permettait, on jouait au soccer, au football américain ou au base-ball, ce qui dépendait (très élastiquement) de la saison. Les jours de pluie, le chef nous emmenait invariablement au Muséum d'histoire naturelle, ou au Metropolitan Museum of Art.

Le samedi et la plupart des jours de fête, il passait nous prendre chez nous tôt le matin, dans son bus bon

1. En français dans le texte.

pour la ferraille, et nous entraînait hors de Manhattan, vers ce qui nous semblait d'immenses espaces en plein air, le parc Van Cortlandt ou les Palisades. Quand nous options pour le sport, nous allions au parc Van Cortlandt, où les terrains étaient aux mesures réglementaires et où l'équipe adverse ne comprenait ni poussette de bébé ni vieille dame irascible armée d'une canne. Lorsque nos cœurs de Comanches battaient pour le camping, on allait aux Palisades, et on en voyait de dures. (Je me rappelle m'être perdu un samedi, quelque part dans la bande de terrain accidentée qui va du poteau indicateur de Linit à l'extrémité ouest du pont George-Washington. Je ne perdis pas la tête pour autant. Je m'assis à l'ombre majestueuse d'un immense panneau publicitaire et, le cœur gros, j'ouvris ma boîte à sandwich pour casser la croûte, plus ou moins persuadé que le chef me retrouverait. Le chef nous retrouvait toujours.)

Quand il ne s'occupait pas des Comanches, le chef était John Gedsudski, de Staten Island. C'était un jeune homme de vingt-deux ou vingt-trois ans, très timide, très doux, étudiant en droit à l'université de New York, et pour tout dire, un être extrêmement mémorable. Je n'essaierai pas de dresser ici la liste de tous ses exploits et vertus. Je signalerai simplement qu'il était chef scout, qu'il avait failli être élu Meilleur plaqueur défensif de l'année 1926, et c'était un fait bien connu que l'équipe de base-ball des Giants de New York l'avait cordialement invité à faire un essai. Il était l'arbitre calme et impartial de tous nos charivaris sportifs, un maître incontesté pour faire un feu ou l'éteindre, un secouriste aguerri et attentif. Tous autant que nous étions, du plus petit chenapan jusqu'au plus grand, nous l'adorions et le respections.

J'ai encore très clairement à l'esprit l'allure qu'il avait en 1928. Si les vœux étaient des centimètres, nous, les Comanches, l'aurions transformé en géant en un rien de temps. Mais les choses étant ce qu'elles sont, c'était un garçon râblé, d'un mètre soixante, soixante-deux, pas plus. Ses cheveux étaient d'un noir de jais, plantés très bas, son nez était grand et bien en chair, et il avait le torse à peu près aussi long que les jambes. Dans son blouson de cuir, ses épaules étaient puissantes, mais étroites et tombantes. À l'époque, pourtant, il me semblait qu'il rassemblait harmonieusement la plupart des qualités photogéniques de Buck Jones, Ken Maynard et Tom Mix.

Chaque après-midi, quand il commençait à faire suffisamment sombre pour donner à une équipe perdante l'excuse de rater un certain nombre de chandelles ou de passes en zone de but, nous, les Comanches, nous en remettions entièrement et égoïstement au talent de conteur d'histoires de notre chef. À ce moment-là, nous nous transformions généralement en une meute survoltée et irritable, pour nous emparer, à coups de poing ou à grands coups de gueule, des sièges du bus les plus proches du chef. (Le bus comportait deux rangées parallèles de sièges paillés. Celle de gauche avait trois sièges supplémentaires – les meilleurs – à la hauteur du conducteur.) Le chef ne montait que lorsque nous étions tous installés. Il s'asseyait à califourchon sur son siège et, de sa voix monotone mais bien timbrée, il ouvrait un nouveau chapitre de *L'Homme hilare*. À partir du moment où il commençait son récit, notre intérêt ne faiblissait plus. *L'Homme hilare* était tout à fait l'histoire qu'il fallait à un Comanche. Elle prenait même les dimensions d'un classique. Elle avait tendance à prendre toute la place, mais elle restait pourtant facilement transportable. On pouvait toujours la ramener chez soi et la méditer, par exemple, dans l'eau de la baignoire.

Fils unique d'un couple de riches missionnaires, l'Homme hilare avait été kidnappé tout bébé par des bandits chinois. Les riches missionnaires ayant refusé (par principe religieux) de payer la rançon de leur fils, les bandits, fous de rage, avaient placé la tête du petit dans un étau de charpentier et donné quelques tours de vis vers la droite. Le sujet de cette expérience unique s'était retrouvé à l'âge d'homme avec un crâne chauve, étiré en pain de sucre, et un énorme trou ovale sous le nez en guise de bouche. Le nez lui-même n'était que deux narines closes. C'est pourquoi, à chaque respiration de l'Homme hilare, l'orifice hideux et pitoyable qu'il avait sous le nez se dilatait et se contractait – du moins, c'est ainsi que je l'imagine – comme une monstrueuse ventouse. (Plutôt que de la décrire, le chef mimait la respiration de son personnage.) Les étrangers tombaient raides morts à la seule vue du visage horrible de l'Homme hilare. Son entourage le fuyait. Assez paradoxalement pourtant, les bandits le laissaient traîner dans leur quartier général pour peu qu'il gardât le visage caché sous un léger masque rouge fait de pétales de coquelicot. Ce masque ne servait pas uniquement à épargner aux bandits le spectacle du visage de leur fils adoptif : il leur permettait aussi de suivre ses allées et venues, car ainsi déguisé, il empestait l'opium.

Chaque matin, dans sa solitude extrême, l'Homme hilare se glissait hors du repaire des bandits (il avait la démarche gracieuse du chat) et s'enfonçait dans l'épaisse forêt alentour. Là, il se liait d'amitié avec des animaux de toute espèce : chiens, souris blanches, aigles, lions, boas constrictors, loups. Qui plus est, il enlevait son masque et leur parlait dans leur propre langage, d'une voix mélodieuse et douce. Ils ne le trouvaient pas affreux.

(Il fallut deux mois au chef pour arriver à ce point de l'histoire. À partir de là, il se montra de plus en plus arbitraire dans les rebondissements, à la grande satisfaction des Comanches.)

L'Homme hilare n'avait pas son pareil pour coller son oreille au sol et, en très peu de temps, il avait découvert les plus précieux secrets professionnels des bandits. Il s'en moquait d'ailleurs, et mit rapidement sur pied un système à lui, bien plus efficace. Il commença d'abord, sur une petite échelle, par opérer en franc-tireur dans la campagne chinoise, volant, assommant, assassinant seulement quand c'était absolument nécessaire. En très peu de temps, ses ingénieuses méthodes criminelles, alliées à un singulier amour de la justice, le rendirent populaire dans tout le pays. Pourtant, fait étrange, ses parents adoptifs (les bandits qui l'avaient à l'origine poussé au crime) furent les derniers ou presque à avoir vent de ses exploits. Quand ils les connurent, ils furent malades de jalousie. Une nuit, ils défilèrent un à un devant le lit de l'Homme hilare, croyant l'avoir endormi profondément avec une drogue, et massacrèrent à coups de machette la silhouette qui se dessinait sous les couvertures. La victime s'avéra être la mère du chef des bandits, une mégère désagréable et chicanière. Cela ne fit bien sûr que rendre les bandits plus avides encore du sang de l'Homme hilare, et, en définitive, il se vit obligé d'enfermer toute la bande dans un mausolée profond mais joliment décoré. Ils s'évadaient de temps en temps et lui donnaient du fil à retordre, mais il se refusait à les tuer. (Ce côté charitable du caractère de l'Homme hilare me rendait complètement fou.)

Bientôt, l'Homme hilare prit l'habitude de franchir régulièrement la frontière chinoise pour aller à Paris, en France. Là, il s'amusait à opposer avec modestie son immense génie à Marcel Dufarge, le détective de réputation internationale, remarquablement intelligent mais poitrinaire. Dufarge et sa fille (une jeune fille exquise quoiqu'un peu travestie) devinrent les pires ennemis de l'Homme hilare. Parfois, ils essayaient de le mener en bateau. Par goût du risque, l'Homme hilare faisait mine de les suivre, puis disparaissait, le plus souvent sans même laisser une explication plausible quant à la manière dont il avait pris la fuite. De temps à autre, aussi, il postait, par les bouches d'égout de Paris, un incisif petit billet d'adieu qui parvenait sans tarder à Dufarge. Les Dufarge passaient un temps fou à patauger dans les égouts parisiens.

Bientôt, l'Homme hilare amassa la plus énorme fortune du monde. Il en donnait la majeure partie, sous forme de contribution anonyme, aux moines d'un monastère local, d'humbles ascètes qui consacraient leur vie à l'élevage de chiens policiers allemands. Avec ce qui lui restait, il achetait des diamants qu'il enfouissait à l'occasion dans des grottes d'émeraude, sous la mer Noire. Ses besoins personnels étaient minimes. Il se nourrissait exclusivement de riz et de sang d'aigle, dans un minuscule cottage doté d'un gymnase souterrain et d'un stand de tir, sur la côte venteuse du Tibet. Quatre acolytes aveuglément dévoués vivaient avec lui : Aile noire, un loup bavard et retors ; Omba, un adorable nain ; un géant mongol nommé Hong (dont la langue avait été brûlée par les Blancs) et une splendide Eurasienne qui, par amour (hélas ! non partagé) pour l'Homme hilare, et par souci de sa sécurité, avait quelquefois une fâcheuse propension au crime. L'Homme hilare donnait ses ordres à son équipe à travers un écran de soie noire. Personne, pas même Omba, l'adorable nain, n'avait le droit de voir son visage.

Je ne dis pas que je vais le faire, mais je pourrais pendant des heures entraîner le lecteur – de force si nécessaire – de part et d'autre de la frontière sino-parisienne. Il se trouve que je considère l'Homme hilare comme un de mes glorieux ancêtres, une sorte de Robert E. Lee, vous voyez, aux vertus soigneusement cachées. Et cette illusion est bien sage comparée à celle que je nourrissais en 1928, lorsque je me voyais non seulement comme le descendant direct de l'Homme hilare, mais aussi comme le seul légitime encore en vie. Je n'étais même pas le fils de mes parents, en 1928, mais un imposteur diabolique et sournois, guettant leur plus légère erreur pour avoir l'excuse – de préférence sans violence, mais pas nécessairement – de prouver ma véritable identité. Pour ne pas briser le cœur de ma fausse mère, je projetais de l'associer à mon activité clandestine en lui trouvant l'emploi royal (quoiqu'encore indéfini) qu'elle méritait. Mais ce que j'avais, moi, de *primordial* à faire, en 1928, c'était de rester vigilant, faire semblant de jouer, me brosser les dents, peigner mes cheveux. Étouffer à tout prix mon hideuse hilarité naturelle.

En réalité, je n'étais pas le seul descendant légitime encore en vie de l'Homme hilare. Nous étions vingt-cinq Comanches au Club, autrement dit vingt-cinq descendants légitimes et bien vivants, parcourant la ville incognito avec des airs menaçants, jaugeant de l'œil les liftiers d'ascenseurs comme d'éventuels ennemis mortels, chuchotant du coin des lèvres des ordres bien sentis à l'oreille des cockers, visant de l'index le front des professeurs d'arithmétique. En attendant toujours l'occasion propice de jeter la terreur et l'admiration dans le cœur du commun des mortels.

Un après-midi de février, alors que la saison de base-ball comanche venait de s'ouvrir, je remarquai quelque chose de nouveau dans le bus du chef : une photographie encadrée, fixée au-dessus du rétroviseur, sur le pare-brise, d'une fille en costume universitaire. Il me sembla qu'une photo de fille jurait avec le très masculin décor du bus, et je demandai sans ambages au chef qui c'était. Il éluda d'abord la question, mais reconnut finalement que c'était une fille. Je voulus savoir comment elle s'appelait. Il répondit, mal à l'aise : « Mary Hudson. » Faisait-elle du cinéma ou quelque chose ? Il dit que non, qu'elle avait fréquenté Wellesley College. Il ajouta, après mûre réflexion, que Wellesley College était une institution très sélecte. Je lui demandai pourquoi, en tout cas, il avait sa photo dans le *bus*. Il haussa les épaules, comme pour laisser entendre, à ce que je compris, qu'elle lui avait été plus ou moins imposée.

Les deux semaines suivantes, imposée ou non, la photo ne fut pas enlevée du bus. Elle ne disparut pas avec les papiers d'emballage Baby Ruth et les bâtons de sucettes. Nous, les Comanches, finîmes par nous y habituer et, bientôt, nous n'y prêtâmes pas plus d'attention qu'au cadran indicateur de vitesse.

Un jour, cependant, alors que nous étions en route pour le parc, le chef arrêta le bus au bord d'un trottoir de la Cinquième Avenue, aux alentours de la 60e rue, près d'un kilomètre plus loin que notre terrain de base-ball. D'une seule voix, une vingtaine de passagers de l'arrière réclamèrent une explication, mais le chef n'en donna pas. Au lieu de cela, il prit simplement sa position de conteur à califourchon et se lança, avec deux heures d'avance, dans un nouveau chapitre de *L'Homme hilare*. À peine avait-il commencé que quelqu'un frappa à la vitre de la portière. Le chef avait les réflexes particulièrement prompts ce jour-là. Il jaillit littéralement de son siège, actionna la poignée de la portière, et une fille en manteau de castor grimpa dans le bus.

Grosso modo, je ne me rappelle guère que trois filles dans ma vie qui m'aient frappé, au premier regard, par leur beauté incomparable. La première était mince, en maillot de bain noir, et avait un mal fou à planter dans le sable un parasol orange, à Jones Beach, vers 1936. La seconde, en 1939, à bord d'un paquebot faisant la croisière des Caraïbes, avait jeté son briquet à un marsouin. La troisième était l'amie du chef, Mary Hudson.

— Je suis très en retard ? lui demanda-t-elle avec un sourire.

Elle aurait aussi bien pu demander si elle était affreuse à voir.

— Ah, non ! dit le chef.

Un peu nerveux, il regarda les Comanches assis près de lui et fit signe à la rangée de faire de la place. Mary Hudson s'assit entre moi et un garçon nommé Edgar quelque chose, dont l'oncle était le meilleur ami d'un bootlegger. Nous lui laissâmes toute la place du monde. Le chef démarra en faisant une embardée d'apprenti chauffeur. Les Comanches, du premier au dernier, se taisaient.

Tandis que nous revenions à l'endroit où nous avions l'habitude de nous garer, Mary Hudson se pencha en avant sur son siège et fit au chef un compte rendu enthousiaste des trains qu'elle avait ratés et de celui qu'elle n'avait pas raté. Elle habitait à Douglaston, à Long Island. Le chef était très nerveux. Non seulement il n'arrivait pas à ouvrir la bouche, mais il semblait à peine écouter ce qu'elle disait. La poignée du levier de vitesse lui resta dans les mains, je me souviens.

À la descente du bus, Mary Hudson nous suivit. Je suis sûr que le long du chemin jusqu'au terrain de base-ball, l'expression « comprend-donc-pas-cette-fille-quand-faut-rentrer-chez-elle ? » se peignait sur le visage de chacun des Comanches. Pour couronner le tout, alors que je tirais à pile ou face avec un autre Comanche pour savoir quelle équipe engagerait la partie, Mary Hudson déclara d'un air nostalgique qu'elle jouerait bien avec nous. Aucune réponse n'aurait pu être plus éloquente que notre silence. Si jusque-là nous n'étions qu'étonnés de voir une fille parmi nous, nous nous mîmes franchement à la regarder de travers. Elle nous opposa son sourire. C'était assez déconcertant. Le chef intervint alors, nous montrant que, s'il s'était tu auparavant, il savait reconnaître l'incompétence. Il entraîna Mary Hudson à part, assez loin pour que nous ne puissions les entendre, et eut l'air de la raisonner calmement. À la fin, Mary Hudson l'interrompit et sa voix nous parvint :

— Mais si, je veux ! Moi aussi, je veux jouer !

Le chef secoua la tête et fit un nouvel effort. Il pointa le doigt en direction du terrain, détrempé et plein de trous. Il ramassa une batte et lui montra combien elle était lourde.

— Ça m'est égal, dit Mary Hudson distinctement. J'ai fait tout le trajet jusqu'à New York, pour aller chez le dentiste et tout. Et je vais jouer.

Le chef secoua de nouveau la tête et s'inclina. Il revint à pas lents vers le marbre, où les Braves et les Guerriers, les deux équipes comanches, attendaient. Il me regarda. J'étais capitaine des Guerriers. Il prononça le nom de mon joueur de champ centre, qui était malade et était resté chez lui, et proposa que Mary Hudson prît sa place. Je dis que je n'avais pas besoin de joueur de champ centre. Le chef me demanda ce que c'étaient que ces conneries, je n'avais pas besoin d'un joueur de champ centre. J'étais sidéré. C'était la première fois que je l'entendais jurer. Qui plus est, je sentais que Mary Hudson souriait en me regardant. Pour retrouver ma dignité, je ramassai une pierre et la lançai contre un arbre.

Nous commençâmes en défense. Pendant la première manche, il n'y eut rien à faire au centre du terrain. D'où j'étais, à la première base, je jetais de temps à autre un coup d'œil derrière moi. Chaque fois, Mary Hudson me faisait un signe joyeux du bras. Elle portait un gant de receveur, qu'elle avait choisi sans discussion. C'était un spectacle horrible.

Dans l'ordre de frappe des Guerriers, Mary Hudson avait le neuvième tour de batte. Quand je l'en informai, elle fit la moue : « Bon alors, pressez le mouvement ! » Et le plus fort, c'est que nous pressâmes le mouvement. Elle eut droit à la batte à la première manche. Pour l'occasion, elle enleva son manteau de castor et son gant et prit sa place en robe sombre. Quand je lui tendis la batte, elle me demanda pourquoi elle était si *lourde*. Le chef abandonna son poste d'arbitre derrière le lanceur et s'approcha, l'air inquiet. Il lui dit de laisser reposer l'extrémité de la batte sur son épaule droite.

— C'est ce que je fais, dit-elle.

Il lui dit de ne pas trop serrer la batte.

— Je ne la serre pas, répondit-elle.

Il lui dit de garder le regard fixé sur la balle.

— C'est ce que je ferai. Enlève-toi de devant.

Elle frappa avec force la première balle qu'on lui lança, et la renvoya par-dessus la tête du joueur de champ gauche. C'était un coup honnête, de quoi courir jusqu'à la deuxième base, mais Mary Hudson atteignit la troisième, et debout.

Quand mon étonnement fut passé, puis mon admiration, puis ma joie, je regardai le chef. On aurait dit qu'il ne se tenait pas debout derrière le lanceur, mais plutôt qu'il lévitait derrière lui. C'était un homme parfaitement heureux. De la troisième base, Mary Hudson me fit un signe de la main. Je lui répondis. Je n'aurais pu m'en empêcher, même si je l'avais voulu. En plus de son coup de batte, il se trouvait que c'était une fille qui savait faire signe à quelqu'un depuis une troisième base.

Pendant tout le reste de la partie, elle atteignit la base chaque fois qu'elle eut à battre. Pour une raison ou une autre, elle semblait détester la *première* base. Il n'y avait pas moyen qu'elle y reste. Trois fois au moins, elle se glissa à la seconde.

Son jeu défensif n'aurait pu être pire, mais nous accumulions trop de tours quand c'était à nous de battre pour y faire sérieusement attention. Je crois qu'il aurait déjà été bien meilleur si elle avait consenti à courir après les balles avec autre chose qu'un gant de base-ball. Mais elle y tenait. Elle disait qu'il était trop mignon.

Le mois suivant, elle joua au base-ball avec les Comanches deux fois par semaine (apparemment, chaque fois qu'elle avait un rendez-vous chez le dentiste). Certains après-midi, elle était à l'heure pour prendre le bus, certains autres, elle était en retard. Quelquefois, elle n'arrêtait pas de parler pendant le trajet, d'autres fois, elle restait assise sans rien dire, à fumer ses cigarettes Herbert Tareyton (à bout filtre). Quand on était à côté d'elle, dans le bus, elle sentait délicieusement bon.

Un soir de grand vent, en avril, le chef nous prit, comme d'habitude, à trois heures au coin de la 109e rue et d'Amsterdam Avenue, et, tournant à droite dans la 110e, descendit normalement la Cinquième Avenue. Mais il avait mouillé ses cheveux pour les peigner, il portait son pardessus au lieu de son blouson de cuir, et je pouvais parier sans trop de risques que Mary Hudson allait nous rejoindre. Quand nous passâmes en trombe devant l'entrée du parc que nous prenions toujours, j'en fus tout à fait sûr. Le chef se gara à l'angle de la 60e, comme il convenait en ces occasions. Pour passer le temps, il se mit alors à califourchon sur son siège et commença un nouveau chapitre de *L'Homme hilare*. Je me le rappelle jusqu'au moindre détail, et je vais le résumer brièvement.

Un malheureux concours de circonstances avait fait tomber le meilleur ami de l'Homme hilare, son loup Aile noire, dans un piège à la fois physique et intellectuel tendu par les Dufarge. Ces derniers, connaissant le sens du devoir de l'Homme hilare, lui proposèrent la liberté d'Aile noire en échange de la sienne. De la meilleure foi du monde, l'Homme hilare accepta la proposition. (Certaines mécaniques secondaires de son génie étaient parfois sujettes à de mystérieuses défaillances.) Il fut convenu qu'il retrouverait les Dufarge à minuit, dans un lieu bien précis de l'épaisse forêt entourant Paris, et que là, au clair de lune, Aile noire serait remis en liberté. Bien entendu, les Dufarge n'avaient nullement l'intention de libérer Aile noire, qu'ils craignaient et haïssaient. La nuit de l'échange, ils attachèrent à sa place un faux loup, dont ils avaient peint la patte arrière gauche en blanc pour qu'il lui ressemble.

Mais il y avait deux choses que les Dufarge n'avaient pas prévues : la sensibilité de l'Homme hilare et sa connaissance du langage des loups. Dès qu'il se fut laissé attacher à un arbre par la fille de Dufarge avec du fil de fer barbelé, l'Homme hilare eut envie d'adresser de sa belle voix mélodieuse quelques mots d'adieu à celui qu'il supposait être son vieil ami. Le faux ami, à quelques mètres de lui, sous le clair de lune, fut impressionné par la maîtrise parfaite que l'étranger avait de son langage, et écouta poliment pendant un moment les conseils ultimes, personnels et professionnels, que l'Homme hilare lui donnait. À la fin, cependant, il commença à s'impatienter et à se balancer lourdement d'une patte sur l'autre. Brusquement, impoliment même, il interrompit l'Homme hilare et lui dit que *primo*, son nom n'était pas Aile sombre, ou Aile noire, ou Pattes grises, ou autres foutaises, il s'appelait Armand, et que *secundo*, il n'avait jamais été en Chine de sa vie et n'avait pas la moindre intention de s'y rendre.

Fou de rage, l'Homme hilare fit tomber son masque avec sa langue et présenta aux Dufarge son visage à nu sous le clair de lune. Mlle Dufarge en tomba à la renverse, sans connaissance. Son père eut plus de chance : il fut pris par bonheur d'une de ses quintes de toux au moment capital, et ne vit pas le démasquage mortel. Quand son accès de toux eut cessé et qu'il aperçut sa fille étendue sur le sol éclairé par la lune, son sang ne fit qu'un tour. Couvrant ses yeux d'une main, il déchargea entièrement son automatique en direction de la respiration sifflante de l'Homme hilare.

Le chapitre se terminait là.

Le chef sortit de sa poche sa montre Ingersoll à un dollar, y jeta un coup d'œil, fit volte-face sur son siège et mit le moteur en marche. Je consultai ma propre montre. Il était près de quatre heures et demie. Comme le bus démarrait, je demandai au chef s'il n'attendait pas Mary Hudson. Il ne répondit pas. Avant que j'aie pu répéter ma question, il rejeta la tête en arrière et lança vers nous :

— Un peu de silence, là-dedans, bon Dieu !

Dans ces termes ou dans d'autres, cette recommandation était parfaitement inutile : le silence régnait dans le bus depuis un bon moment. Nous réfléchissions presque tous à la situation où nous avions laissé l'Homme hilare. Il y avait beau temps que nous avions passé le stade de nous en faire à son sujet – nous avions trop confiance en lui pour ça –, mais nous n'en étions pas encore à accepter sans émotion ses moments de grand péril.

À la troisième ou quatrième manche de la partie, cet après-midi-là, j'aperçus soudain Mary Hudson depuis mon poste à la première base. Elle était assise sur un banc, à une centaine de mètres sur ma gauche, entre deux nourrices avec voitures d'enfant. Elle portait son manteau de castor, elle fumait une cigarette, et elle avait l'air de suivre notre match. Excité par ma découverte, je hurlai pour en faire part au chef, placé derrière le lanceur. Il vint vers moi à grandes enjambées, mais sans courir.

— Où ? me demanda-t-il.

Je lui montrai l'endroit. Il garda les yeux fixés sur elle, puis il dit qu'il allait revenir et quitta le terrain. Il s'en alla à pas lents, le pardessus ouvert, les mains enfoncées dans les poches revolver de son pantalon. Je m'assis sur la première base et les observai. Avant d'arriver jusqu'à Mary Hudson, le chef reboutonna son pardessus et avança, les bras ballants.

Il resta debout devant elle pendant cinq minutes. Il semblait lui parler. Puis elle se leva et ils vinrent ensemble vers le terrain de base-ball. Ils ne parlaient pas en marchant. Ils ne se regardaient pas. De retour sur le terrain, le chef reprit sa position derrière le lanceur. Je lui criai :

— Elle ne joue pas ?

Il me dit de la fermer. Je la fermai et regardai Mary Hudson. Elle passa lentement derrière le marbre, les mains dans les poches de son manteau de castor, et alla finalement s'asseoir sur un banc de touche, derrière la troisième base. Elle alluma une autre cigarette et croisa les jambes.

Quand ce fut au tour des Guerriers de battre, j'allai jusqu'à son banc et lui demandai si elle voulait jouer dans le champ gauche. Elle secoua la tête. Je lui demandai si elle avait pris froid. Elle secoua la tête. Je lui dis que je n'avais personne sur la gauche, que c'était le même garçon qui tenait les champs centre et gauche. Je ne reçus pas de réponse. Je lançai en l'air mon gant de première base en essayant de le recevoir sur la tête, mais il tomba dans une flaque de boue. Je l'essuyai sur mon pantalon et demandai à Mary Hudson si elle voulait venir dîner un jour à la maison. Je lui dis que le chef y venait souvent.

— Laisse-moi tranquille, dit-elle. Je t'en prie, laisse-moi tranquille.

Je la regardai, interloqué, puis me dirigeai vers le banc des Guerriers, en sortant une mandarine de ma poche pour la faire sauter dans ma main. À mi-chemin de la ligne de jeu de la troisième base, je me retournai et marchai à reculons, les yeux fixés sur Mary Hudson, la mandarine dans ma main. Je n'avais aucune idée de ce qui se passait entre le chef et Mary Hudson (je ne le sais d'ailleurs encore pas aujourd'hui, ou du moins je n'en ai qu'une très vague intuition), mais déjà, j'avais la conviction qu'elle avait quitté pour toujours la tribu des Comanches. C'était le genre de certitude qui, indépendamment de toute autre considération, peut rendre encore plus hasardeuse la marche à reculons, et je m'affalai avec fracas dans une poussette d'enfant.

Après la manche suivante, il faisait trop sombre pour continuer à jouer. La partie fut suspendue et on se mit à ramasser l'équipement. La dernière image que je garde de Mary Hudson, c'est celle d'une fille en pleurs, près de la troisième base. Le chef tenait la manche de son manteau de castor, mais elle s'en écarta. Elle sortit du terrain en courant, prit l'allée cimentée et continua de courir jusqu'à ce que je la perde de vue. Le chef ne la suivit pas. Il resta simplement debout, à la regarder disparaître. Puis il fit demi-tour et revint vers le marbre prendre nos deux battes. Nous lui laissions toujours les battes à porter. Je le rejoignis et lui demandai s'il s'était disputé avec Mary Hudson. Il me dit de rentrer ma chemise dans mon pantalon.

Comme d'habitude, nous, les Comanches, parcourûmes ventre à terre les derniers cinquante mètres qui nous séparaient de l'endroit où le bus était garé, hurlant, nous bousculant, multipliant les crocs-en-jambe, tout excités à l'idée que c'était de nouveau le moment de *L'Homme hilare*. En courant dans la Cinquième Avenue, quelqu'un laissa tomber un pull-over ; je me pris les pieds dedans et ramassai une gamelle. Je galopai de plus belle vers le bus, mais les meilleures places étaient déjà prises et je dus m'asseoir dans celles du milieu. Pas du tout satisfait de la tournure des choses, je donnai un grand coup de coude au copain assis à ma droite, jetai un regard autour de moi et suivis des yeux le chef qui traversait l'avenue. Il ne faisait pas encore nuit, mais le crépuscule de cinq heures et quart. Il avait le col de son manteau relevé, les battes sous le bras gauche, le regard fixé sur la chaussée. Ses cheveux noirs, qu'il avait mouillés pour se coiffer quelques heures plus tôt, étaient secs maintenant, et tout dépeignés. Je me rappelle avoir souhaité qu'il eût des gants.

Le bus, comme d'habitude, était silencieux quand il y grimpa – du moins, aussi silencieux que peut l'être un théâtre quand les lumières s'éteignent. Les conversations moururent dans un chuchotement pressé, ou tournèrent court. Pourtant, la première chose qu'il dit fut :

— Plus un bruit là-dedans ! Ou alors, pas d'histoire.

À l'instant, tout fut statufié dans le bus. Le chef n'eut plus d'autre ressource que de prendre sa position de conteur. Une fois installé, il sortit un mouchoir et se moucha méthodiquement, une narine après l'autre. Nous le regardions faire avec patience, et même avec un certain intérêt. Quand il eut fini, il plia soigneusement son mouchoir en quatre et le remit dans sa poche. Enfin, il nous accorda le nouveau chapitre de *L'Homme hilare*. Du début à la fin, il ne dura pas plus de cinq minutes.

Quatre des balles de Dufarge atteignirent l'Homme hilare, dont deux en plein cœur. Quand Dufarge, qui se voilait toujours les yeux pour ne pas voir l'Homme hilare, entendit un sinistre râle d'agonie s'élever de sa cible, il se sentit transporté de bonheur. Son cœur vil battant sauvagement, il se précipita vers sa fille évanouie et la ranima. Avec une joie mauvaise et le courage des lâches, ils osèrent alors regarder l'Homme hilare. Sa tête pendait comme celle d'un mort, le menton touchant la poitrine sanglante. Lentement, avidement, le père et la fille s'approchèrent pour contempler leur forfait. Une énorme surprise les attendait. L'Homme hilare, loin d'être mort, se concentrait pour contracter les muscles de son estomac selon une méthode secrète. Lorsque les Dufarge furent suffisamment près de lui, il releva brusquement la tête, fit entendre un rire terrible, et, sans effort, d'un air détaché même, régurgita une à une les quatre balles qu'il avait reçues. Les Dufarge eurent un tel choc que leur cœur éclata littéralement. Ils tombèrent raides morts aux pieds de l'Homme hilare. (Puisque, de toute manière, le chapitre devait être court, il aurait pu tout aussi bien se terminer là. Les Comanches se seraient arrangés pour trouver une explication rationnelle à la mort subite des Dufarge. Mais il ne se termina pas là.) Pendant des jours et des jours, l'Homme hilare resta ligoté à l'arbre avec du fil de fer barbelé, les Dufarge se décomposant à ses pieds. Saignant profusément, coupé de ses provisions de sang d'aigle, il n'avait jamais été aussi près de périr. Un jour, pourtant, d'une voix rauque mais éloquente, il appela à l'aide les animaux de la forêt. Il les somma d'aller chercher Omba, l'adorable nain. Ce qu'ils firent. Mais le voyage était long pour atteindre la frontière pariso-chinoise et revenir, et le temps qu'Omba arrive sur les lieux avec sa trousse médicale et du sang d'aigle frais, l'Homme hilare était dans le coma. Le premier geste de pitié d'Omba fut de ramasser le masque de son maître, qui avait été traîné par le vent contre la poitrine rongée par les vers de Mlle Dufarge. Il le replaça respectueusement sur les traits hideux, puis pansa les blessures.

Quand les petits yeux de l'Homme hilare s'ouvrirent enfin, Omba se dépêcha d'élever la fiole de sang d'aigle à la hauteur du masque. Mais l'Homme hilare n'en but pas. Au lieu de cela, il prononça faiblement le nom de son bien-aimé Aile noire. Omba, inclinant sa tête légèrement difforme, apprit à son maître que les Dufarge l'avaient tué. Pour l'Homme Hilare, ce fut le chagrin ultime. Il poussa un soupir à rendre l'âme. Tristement, il prit la fiole de sang d'aigle et la brisa dans sa main. Le peu de sang qui restait coula en mince filet le long de son poignet. Il ordonna à Omba de détourner les yeux ; en sanglotant, celui-ci obéit. Le dernier geste que fit l'Homme hilare, avant de tourner son visage vers le sol gorgé de sang, fut de retirer son masque.

L'histoire se terminait là, bien sûr (elle ne fut jamais reprise). Le chef mit le bus en marche. Dans la rangée où j'étais, Billy Walsh, le plus jeune Comanche, éclata en sanglots. Aucun de nous ne lui dit de se taire. Quant à moi, je me rappelle que mes genoux tremblaient.

Quelques instants plus tard, en descendant du bus du chef, la première chose qui me tomba sous les yeux fut un morceau de papier de soie rouge, que le vent rabattait contre le pied d'un réverbère. On aurait cru le masque en pétales de coquelicot de quelqu'un. J'arrivai à la maison en claquant des dents, sans pouvoir me retenir, et on m'envoya directement au lit.

En bas, sur le canot

C'était peu après quatre heures, un après-midi d'été de la Saint-Martin. Cela faisait bien vingt fois depuis midi que Sandra, la bonne, revenait les lèvres serrées de la fenêtre de la cuisine qui donnait sur le lac. Se retournant, elle dénoua et renoua machinalement le cordon de son tablier, en serrant autant que le lui permettait son énorme taille. Elle revint vers la table en Formica et se laissa tomber, dans la tenue qu'elle venait de passer, sur la chaise en face de Mrs Snell.

Mrs Snell, qui avait fini le ménage et le repassage, prenait sa tasse de thé, comme d'habitude, avant de descendre la rue jusqu'à l'arrêt d'autobus. Elle avait son chapeau sur la tête. Ce singulier couvre-chef de feutre noir, elle ne l'avait pas quitté, non seulement de tout l'été, mais des trois derniers étés, à travers les vagues de chaleur les plus caniculaires, les hauts et les bas de l'existence, courbée sur des dizaines de planches à repasser, des dizaines d'aspirateurs. Il portait encore à l'intérieur l'étiquette Hattie Carnegie, un peu défraîchie peut-être, mais qui avait gardé (si l'on peut dire) la tête haute.

— J'vais pas me casser la tête pour ça, déclara Sandra pour la cinquième ou sixième fois, s'adressant autant à elle-même qu'à Mrs Snell. C'est ce que j'ai décidé, j'vais pas me casser la tête pour ça. À quoi ça sert ?

— Tout à fait raison, répondit Mrs Snell. J'm'en ferais pas. Sur ce que j'ai de plus cher, j'm'en ferais pas. Voulez être gentille et me passer mon sac ?

Un sac à main en cuir râpé, mais dont la griffe était aussi prestigieuse que celle de son chapeau, était posé sur le garde-manger. Sandra put l'attraper sans se lever. Elle le tendit par-dessus la table à Mrs Snell, qui l'ouvrit et en sortit un paquet de cigarettes mentholées et une pochette d'allumettes du Stork Club.

Elle alluma une cigarette, porta la tasse de thé à ses lèvres et la reposa aussitôt dans la soucoupe.

— Si ça refroidit pas plus vite, je vais l'rater, mon bus.

Elle regarda Sandra, qui fixait d'un air sombre la rangée de casseroles en cuivre accrochées au mur. Elle prit un ton autoritaire :

— Cessez de vous ronger les sangs comme ça. À quoi ça vous sert de vous casser la tête ? Ou il lui dit ou il lui dit pas, c'est tout. À quoi ça sert de vous casser la tête pour ça ?

— Je ne me casse pas la tête. C'est bien la dernière chose que je ferais, de me casser la tête pour ça. Seulement, ça me rend maboule, cette façon qu'il a de se traîner partout dans la maison sans faire de bruit. Vous comprenez, on l'entend jamais arriver, ce gosse. Personne l'entend. L'autre jour, par exemple, j'écossais des haricots – ici justement, à cette table –, eh bien, j'ai failli lui marcher sur la main. Il était là, sous la table !

— D'accord, mais c'est pas une raison pour se ronger les sangs.

— Non, mais vous comprenez, faut faire attention à tout ce qu'on dit devant lui. Ça me rend maboule.

— Je peux *toujours* pas le boire… C'est terrible quand il faut faire attention à tout ce qu'on dit.

— Ça me rend maboule ! Je vous jure. La moitié du temps, j'suis qu'à moitié moi-même.

Sandra épousseta des miettes imaginaires sur ses genoux et grogna :

— Un gosse de quatre ans !

— Il est mignon tout plein. Ces grands yeux noirs qu'il a !

Sandra grogna de nouveau :

— Vous verrez qu'il aura le nez de son père.

Elle leva sa tasse et but sans difficulté.

— J'vois vraiment pas pourquoi ils veulent encore rester ici tout le mois d'octobre, dit-elle d'un air mécontent en posant sa tasse. Parce qu'y en a plus un qui s'approche de l'eau maintenant, même de loin. Elle y va pas, il y va pas, le gamin y va pas. Personne n'y va. Ils prennent même plus leur satané bateau. J'vois pas pourquoi ils ont gâché tout cet argent à ça.

— Je sais pas comment vous faites pour boire le vôtre, j'peux même pas toucher le mien.

Sandra contemplait avec rancune le mur en face d'elle.

— Qu'est-ce que j'donnerais pas pour rentrer en ville ! Sans blague. Je déteste ce coin.

Elle porta sur Mrs Snell un regard hostile.

— Pour *vous*, c'est parfait, vous vivez ici toute l'année. Vous avez vos connaissances, tout ça. Ça vous est égal.

— Faut que j'l'ingurgite même si j'y passe, dit Mrs Snell en regardant la pendule au-dessus de la cuisinière électrique.

— Qu'est-ce que vous feriez à ma place ? demanda brusquement Sandra. En vrai, qu'est-ce que vous feriez ? Dites-moi franchement.

C'était le genre de question où Mrs Snell se glissait avec autant de volupté que dans un manteau d'hermine. Elle posa aussitôt sa tasse de thé.

— Eh bien, en *premier* lieu, j'me casserais pas la tête. Ce que je ferais, je vais vous le dire, je chercherais une autre…

— Je me casse pas la tête pour ça, l'interrompit Sandra.

— Je sais, mais moi, ce que je ferais, je me trouverais tout de suite…

La porte battante de la salle à manger s'ouvrit et Boo Boo Tannenbaum, la maîtresse de maison, entra dans la cuisine. Elle avait vingt-cinq ans, elle était petite, presque sans hanches, avec des cheveux fins, sans style et sans couleur, qu'elle rabattait derrière ses grandes oreilles. Elle portait un pantalon corsaire, un pull noir à col roulé, des chaussettes et des mocassins. Mis à part son nom qui ne faisait pas sérieux et son absence de féminité, c'était, grâce à sa frimousse inoubliable et expressive, une fille parfaitement superbe. Elle alla droit au réfrigérateur et l'ouvrit. Tout en regardant à l'intérieur, jambes écartées, mains sur les genoux, elle se mit à siffler faux entre ses dents, avec un léger balancement du derrière pour battre la mesure. Sandra et Mrs Snell se taisaient. Mrs Snell éteignit soigneusement sa cigarette.

— Sandra…

— Oui, m'dame ?

Sandra leva les yeux par-dessus le chapeau de Mrs Snell.

— Il n'y a plus de cornichons ? Je voudrais lui donner un cornichon.

— Les a mangés, répondit Sandra d'un air malin. Les a mangés avant d'aller au lit hier soir. Il en restait plus que deux.

— Oh… Bon, il faudra que j'en achète en allant à la gare. Je pensais que ça pourrait peut-être le faire sortir de ce bateau.

Boo Boo referma le réfrigérateur et alla regarder par la fenêtre qui donnait sur le lac.

— Il y a quelque chose d'autre à prendre ? demanda-t-elle.

— Le pain, c'est tout.

— Je vous ai laissé votre chèque sur la table d'entrée, Mrs Snell. Merci pour tout.

— De rien, dit Mrs Snell. Il paraît que Lionel a voulu se sauver ?

Elle eut un petit rire.

— Ça m'en a tout l'air, répondit Boo Boo en glissant les mains dans ses poches de derrière.

— En tout cas, il ne peut pas aller bien *loin*, ajouta Mrs Snell avec un nouveau petit rire.

À la fenêtre, Boo Boo se déplaça légèrement pour ne pas tourner le dos à la table et aux deux femmes.

— Non…

Elle ramena une mèche de cheveux derrière son oreille et poursuivit d'une voix neutre :

— Il part régulièrement vivre sa vie depuis l'âge de deux ans. Mais jamais bien loin. Le plus loin qu'il soit jamais allé – en ville, tout au moins –, c'est au Mall de Central Park. Ce n'est qu'à deux pâtés de maisons de chez nous. Le moins loin – ou le plus près –, c'est la porte d'entrée de notre immeuble. Il était allé s'y poster pour dire au revoir à son père.

À la table, les deux femmes rirent.

— Le Mall, c'est là où ils vont tous patiner à New York, expliqua aimablement Sandra à Mrs Snell. Tous les gamins.

— Oh ! fit celle-ci.

— Il n'avait que trois ans, c'était l'an dernier, reprit Boo Boo en sortant un paquet de cigarettes et des allumettes d'une poche.

Elle alluma une cigarette, tandis que les deux femmes la regardaient avec des yeux débordant d'intérêt.

— Quelle histoire ! Il a fallu mettre toute la police à sa recherche.

— On l'a trouvé ? demanda Mrs Snell.

— Évidemment qu'on l'a trouvé ! dit Sandra avec dédain. Qu'est-ce que vous *croyez* ?

— On l'a trouvé à onze heures et quart du soir, en plein milieu de… Seigneur, en février, je crois. Pas un enfant dans le parc. Rien que des agresseurs, je suppose, et un tas de vagabonds dégénérés. Il était assis par terre, dans le kiosque à musique, et il faisait rouler une bille en avant, en arrière, le long d'une fissure. À moitié mort de froid, et avec l'air…

— Bonté divine ! s'exclama Mrs Snell. Qu'est-ce qui lui avait pris ? Je veux dire, pourquoi était-il parti comme ça ?

Boo Boo souffla un seul rond de fumée, raté, contre la vitre.

— Un gosse dans le parc, cet après-midi-là, lui avait dit pour le faire marcher : « Tu pues, le mioche ! » Enfin, nous croyons que c'est pour ça. Je ne sais pas, Mrs Snell. Ça me dépasse un peu.

— Il fait ça depuis longtemps ? Je veux dire, ça fait combien de temps qu'il est comme ça ?

— Eh bien, à l'âge de deux ans et demi, dit Boo Boo sur un ton de conférencière, il est allé se réfugier sous un évier au sous-sol de notre appartement. Dans la buanderie. Une certaine Noami quelque chose, une amie à lui, lui avait déclaré qu'elle avait un ver dans sa bouteille thermos. Du moins, c'est tout ce que nous avons pu tirer de lui.

Boo Boo soupira et s'écarta de la fenêtre, une longue cendre au bout de sa cigarette. Elle se dirigea vers la porte moustiquaire.

— Il faut que j'y retourne, dit-elle en guise d'au revoir.

Les deux femmes rirent.

— Mildred, dit Sandra à Mrs Snell, vous allez finir par rater votre bus si vous ne bougez pas.

Boo Boo ferma la porte derrière elle.

Elle se tenait sur la partie légèrement en pente de la pelouse, les derniers rayons du soleil dans son dos. À environ deux cents mètres devant elle, son fils Lionel était assis sur le siège arrière du canot de son père. Amarré, sans grand-voile ni foc, le canot formait un parfait angle droit avec le bout du ponton. Un ski retourné, abandonné ou perdu, flottait une quinzaine de mètres plus loin, mais n'était-ce la vedette du comté qui rejoignait l'embarcadère de Leech, il n'y avait pas un bateau de plaisance en vue sur le lac. Boo Boo avait du mal à conserver une image nette de Lionel. Le soleil, plus très chaud mais très brillant, noyait ce qui se trouvait à quelque distance – un gamin, un bateau –, qui devenait aussi flou et réfracté qu'un bâton dans l'eau. Au bout d'un moment, Boo Boo renonça. Elle déchira son mégot entre ses doigts, comme font les militaires, et descendit vers le ponton.

On était en octobre, et c'en était fini des bouffées de chaleur que les planches du ponton lui renvoyaient au visage. Elle s'avança en sifflant « Kentucky Babe » entre ses dents. Arrivée à l'extrémité du ponton, elle s'accroupit sur le bord en faisant craquer ses genoux et regarda Lionel au-dessous d'elle. Il se trouvait à moins d'une longueur de rame. Il ne leva pas les yeux.

— Ohé du bateau ! dit-elle. Ami, pirate, sale cabot. Me revoilà !

Sans lever les yeux pour autant, Lionel eut tout à coup l'air de vouloir montrer son adresse de matelot. Il poussa à fond la barre à tribord, puis aussitôt la ramena vers lui. Il gardait les yeux obstinément fixés sur le pont du bateau.

— C'est moi, dit Boo Boo. Le vice-amiral Tannenbaum, née Glass, en tournée d'inspection des sémaphores.

Il y eut une réponse.

— T'es pas un amiral, t'es une *dame*.

Il avait tendance à reprendre son souffle au milieu de ses phrases, de sorte que souvent, au lieu de les accentuer, il avalait les mots qu'il voulait faire ressortir. Boo Boo avait l'air de l'écouter non seulement avec ses oreilles, mais avec ses yeux.

— Qui t'a dit ça ? Qui t'a dit que je n'étais pas un amiral ?

Lionel répondit, mais de manière inaudible.

— Qui ? demanda Boo Boo.

— Papa.

Toujours accroupie, Boo Boo passa la main gauche dans le V que formaient ses jambes et agrippa le bord des planches pour garder l'équilibre.

— Ton papa est un chic type, mais c'est probablement le plus grand marin d'eau douce que je connaisse. Il est parfaitement exact que quand je suis à terre, je suis une dame, tout à fait exact. Mais ma véritable vocation, c'est en premier lieu, en définitive et toujours, de bourlinguer sur…

— T'es pas un amiral.

— Je te demande pardon ?

— T'es pas un amiral. T'es une dame tout le temps.

Il y eut un court silence. Tenant la barre à deux mains, Lionel en profita pour changer à nouveau de cap. Il portait un short kaki et un tricot de coton blanc, bien propre, avec sur le devant un dessin imprimé de Jérôme l'Autruche en train de jouer du violon. Il était tout bronzé, et ses cheveux, les mêmes que ceux de sa mère, étaient un peu décolorés par le soleil sur le dessus.

— Il y a *beaucoup* de gens qui croient que je ne suis pas un amiral, dit Boo Boo. Tout simplement parce que je ne le crie pas sur les toits.

Attentive à ne pas perdre l'équilibre, elle tira une cigarette et des allumettes d'une poche de son pantalon.

— C'est très rare que j'aie envie de parler de mon grade avec les gens. Surtout avec les petits garçons qui ne me regardent pas quand je leur parle. Je me ferais virer de la marine avec pertes et fracas.

Sans allumer sa cigarette, elle se releva brusquement, se raidit au garde-à-vous, forma un ovale avec le pouce et l'index de sa main droite, et le porta à ses lèvres. Elle fit entendre quelque chose qui ressemblait à une sonnerie de clairon. Lionel leva immédiatement la tête. Il se rendait compte, probablement, que c'était un appel pour rire. Mais il eut néanmoins l'air très intéressé et il ouvrit la bouche. Boo Boo fit retentir un air – un mélange surprenant de « Taps[1] » et de « Reveille[2] » – trois fois sans s'arrêter. Puis, dans les règles, elle fit un salut à la rive opposée. Quand elle reprit enfin sa position accroupie sur le bord du ponton, elle parut le faire à contrecœur, comme bouleversée par le sens d'une tradition navale que ni les civils ni les petits garçons ne pouvaient comprendre. Elle contempla un moment l'horizon restreint du lac, puis sembla se rappeler qu'elle n'était pas seule. Elle abaissa un regard plein de gravité sur Lionel, dont la bouche restait ouverte.

— C'est une sonnerie secrète que seuls les amiraux ont le droit d'entendre.

---

1. Sonnerie aux morts.
2. Coup de clairon pour réveiller les militaires ou les prisonniers.

Elle alluma sa cigarette et souffla l'allumette d'un long jet de fumée théâtral.

— Si on apprenait que je te l'ai fait entendre...

Elle secoua la tête. À nouveau, elle régla le cap de son regard sur l'horizon.

— Recommence.

— Impossible.

— Pourquoi ?

Boo Boo haussa les épaules.

— Trop de sous-offs dans les parages, pour commencer.

Elle se déplaça, s'assit jambes croisées, à l'indienne, et remonta ses chaussettes.

— Je vais te dire ce qu'on va faire, dit-elle sur un ton conciliant. Si tu me dis pourquoi tu t'es sauvé, je te jouerai toutes les sonneries secrètes que je connais. Ça te va ?

Lionel ramena aussitôt son regard sur le pont.

— Non.

— Pourquoi non ?

— Parce que.

— Parce que quoi ?

— Parce que j'veux pas, dit Lionel, et il tira sur la barre un bon coup pour appuyer sa phrase.

Boo Boo, de la main, protégeait du soleil le côté droit de son visage.

— Tu m'avais dit que c'était fini, que tu ne te sauverais plus. Nous en avons discuté tous les deux, et tu m'avais dit que c'était fini. Tu m'avais promis.

Lionel fit une réponse qu'elle n'entendit pas.

— Quoi ? dit-elle.

— Je n'avais pas promis.

— Ah, si, tu avais promis ! Bien sûr que tu avais promis !

Lionel se remit à la barre de son bateau.

— Si c'est vrai que t'es un amiral, où elle est, ta *flotte* ?

— Ma flotte ? Je suis bien contente que tu me demandes ça.

Boo Boo se leva pour descendre à son tour dans le canot.

— Au large ! ordonna Lionel, mais sans lever la voix ni tourner les yeux. Personne ne monte !

— On monte pas ?

Le pied de Boo Boo touchait déjà la coque de l'embarcation. Obéissante, elle le retira et le ramena à la hauteur du ponton.

— Absolument personne ?

Elle se rassit à l'indienne.

— Pourquoi donc ?

Lionel répondit sans hésiter mais, à nouveau, trop bas.

— Quoi ? demanda-t-elle.

— Parce que c'est interdit.

Boo Boo regarda gravement le petit garçon et ne dit rien pendant une bonne minute.

— J'en suis bien désolée, dit-elle enfin. J'aurais bien aimé monter sur ton bateau. Je suis si seule sans toi. Tu me manques, tu sais. J'ai été toute seule à la maison, toute la journée, sans personne à qui parler.

Il n'y eut pas de coup de barre. Lionel examinait le grain du bois sur le manche.

— Tu peux parler à Sandra.

— Sandra est occupée. Et de toute manière, ce n'est pas avec elle que je veux parler, c'est avec toi. Je veux monter dans ton bateau et parler avec toi.

— Tu peux parler de là.

— Quoi ?

— Tu peux parler de *là*.

— Non, je ne peux pas. C'est trop loin. Il faudrait qu'on soit plus près.

Lionel amena la barre vers lui.

— Personne monte.

— Quoi ?

— Personne monte.

— Bon, alors, veux-tu me dire, d'où tu es, pourquoi tu te sauves ? Après m'avoir promis de ne plus le faire ?

Des lunettes de plongée gisaient dans le fond du canot, près du siège arrière. Pour toute réponse, Lionel les attrapa par le serre-tête, entre le gros orteil et le second orteil de son pied droit, et, d'une détente nette et rapide de la jambe, les jeta par-dessus bord. Elles coulèrent à pic.

— Ça, c'est gentil, c'est constructif. Ces lunettes appartiennent à ton oncle Webb. Il va être ravi !

Elle tira longuement sur sa cigarette.

— Avant, elles étaient à ton oncle Seymour.

— Ça m'est égal.

— Je le vois bien.

Le bout incandescent de sa cigarette, coincée de travers entre ses doigts, arrivait à proximité dangereuse de l'une de ses phalanges. Elle sentit brusquement la chaleur et laissa tomber la cigarette à la surface du lac. Elle sortit alors quelque chose d'une poche de son pantalon. Un paquet d'à peu près la taille d'un jeu de cartes, enveloppé de papier blanc et entouré d'un ruban vert.

— C'est un porte-clefs, dit-elle, sentant le regard du gamin se lever sur elle. Exactement comme celui de papa. Mais avec beaucoup plus de clefs. Celui-là en a dix.

Lionel, se penchant en avant sur le siège, abandonna la barre. Il tendit les mains pour l'attraper.

— Tu lances ? S'il te plaît.

— Examinons les choses une minute, trésor. Faut que je réfléchisse un peu. C'est dans le *lac* que je devrais lancer ce porte-clefs.

Lionel la regardait bouche bée. Il referma la bouche.

— C'est à moi, dit-il, pas très sûr de son droit.

Boo Boo, les yeux baissés vers lui, haussa les épaules.

— Ça m'est égal.

Lionel se rassit lentement sur le siège. Il continuait de regarder sa mère et, de la main, cherchait la barre derrière lui. Son regard disait qu'il avait très bien compris, comme sa mère s'y attendait.

— Tiens !

Boo Boo lui lança le paquet, qui atterrit juste sur ses genoux.

Il le regarda, le prit, le regarda encore lorsqu'il fut dans sa main, et le lança vivement – par-dessus son épaule – dans le lac. Puis, tout de suite, il leva les yeux vers Boo Boo, des yeux dans lesquels elle ne vit pas de défi mais des larmes. La seconde d'après, ses lèvres s'étiraient en forme de 8 horizontal, et il pleurait tout son saoul.

Boo Boo se leva avec précaution, comme quelqu'un dont le pied s'est engourdi au théâtre, et descendit dans le canot. En un instant, elle était assise sur le siège arrière, le pilote sur ses genoux, le berçant, l'embrassant dans le cou, expliquant : « Les marins ne *pleurent* pas, mon petit, les marins ne pleurent *jamais*, sauf quand leur navire sombre, ou qu'ils font naufrage, et qu'ils sont sur un radeau et tout ça, avec rien d'autre à boire que… »

— Sandra… elle a dit à Mrs Snell… que papa, c'était un sale… un sale gros youtre…

Boo Boo réprima un sursaut ; elle souleva l'enfant de ses genoux et le mit debout devant elle. Elle lui souleva une mèche de cheveux sur le front.

— Elle a dit ça ?

Lionel fit un grand oui de la tête, gravement. Il se rapprocha, toujours en pleurs, pour se placer dans les jambes de sa mère.

— Eh bien, ça n'est pas *si* terrible, dit Boo Boo.

Elle l'emprisonna dans ses bras et dans ses jambes.

— Ça pourrait être *pire.*

Elle mordillait doucement l'oreille du gamin.

— Tu sais ce que c'est qu'un youtre, mon chéri ?

Qu'il ne pût ou qu'il ne voulût pas, Lionel ne répondit pas tout de suite. Il laissa ses sanglots et ses hoquets s'apaiser un peu. Quand il parla, sa voix sortit étouffée de la chaleur du cou de Boo Boo.

— C'est un gros sac dans lequel on met de l'eau.

Pour mieux le voir, Boo Boo écarta légèrement son fils. Elle plongea la main dans le fond de la culotte de l'enfant, qui sursauta, puis la retira et remit soigneusement son maillot dans sa ceinture.

— Je vais te dire ce qu'on va faire. On va prendre la voiture et aller en ville. On achètera des cornichons et du pain, ensuite on mangera les cornichons dans la voiture, on ira attendre papa à la gare, et puis on ramènera papa à la maison et on lui dira de nous emmener faire un tour en bateau. Il faudra que tu l'aides à amener la voile. D'accord ?

— D'accord, dit Lionel.

Pour rentrer à la maison, ils ne marchèrent pas, ils firent la course. C'est Lionel qui gagna.

Pour Esmé,
avec toute mon abjection

Il y a quelques jours, j'ai reçu par avion une invitation à un mariage qui doit avoir lieu en Angleterre le 18 avril. Ce mariage, je donnerais gros pour y assister et, quand l'invitation est arrivée, j'ai d'abord pensé que je pourrais faire la traversée d'un coup d'aile, au diable l'avarice ! Et puis j'ai tourné et retourné le projet sur toutes les coutures avec ma femme, une fille d'un équilibre à couper le souffle, et en définitive, nous nous sommes prononcés contre – avant tout parce que j'avais complètement oublié que ma belle-mère se faisait une joie de passer avec nous les deux dernières semaines d'avril. Je n'ai pas si souvent l'occasion de voir maman Grencher, et elle ne rajeunit pas : elle a cinquante-huit ans (c'est du moins l'âge qu'elle supporte qu'on lui donne).

Quoi qu'il en soit, cependant, je ne crois pas, où que je me trouve, être un de ces types qui ne lèveraient pas le petit doigt pour empêcher un mariage de virer à la catastrophe. C'est pourquoi j'ai décidé de jeter sur le papier quelques révélations concernant la mariée, que je connais depuis près de six ans. Si ces notes devaient faire passer au marié, que je n'ai jamais rencontré, un ou deux moments pénibles, tant mieux. Dans les pages qui suivent, personne ne cherche à plaire. Mais seulement à édifier, à instruire.

En avril 1944, je faisais partie d'une soixantaine de soldats américains qui suivaient, sous la direction de l'Intelligence Service, un entraînement spécialisé de préparation au débarquement dans le Devon, en Angleterre. Quand j'y repense maintenant, je me rends compte que nous étions, les soixante, assez uniques dans notre genre, en ce sens qu'il n'y en avait pas un seul parmi nous qui fût un tant soit peu sociable. Nous étions tous essentiellement des épistoliers et, quand nous ouvrions la bouche en dehors du service, c'était en général pour demander à quelqu'un s'il avait de l'encre dont il ne se servait pas. Quand nous n'étions pas en train d'écrire des lettres ou d'assister à des cours, chacun suivait son propre chemin. Par beau temps, le mien me conduisait habituellement dans la campagne environnante. Par temps de pluie, j'allais en général m'asseoir dans un endroit sec pour bouquiner, souvent à un jet de pierre d'une table de ping-pong.

L'entraînement dura trois semaines et se termina un samedi – un très pluvieux samedi. À sept heures, ce dernier soir, notre groupe devait prendre le train pour Londres où, d'après les bruits qui couraient, nous allions être affectés aux divisions d'infanterie aéroportées mises sur pied pour le jour J. Vers trois heures de l'après-midi, j'avais emballé tout mon barda, y compris le sac en toile de mon masque à gaz, que j'avais rempli de livres apportés d'outre-Atlantique (le masque proprement dit, je l'avais jeté par un hublot du *Mauretania* quelques semaines plus tôt, sachant bien que si un jour l'ennemi devait employer le gaz, je n'arriverais jamais à enfiler ce truc à temps). Je me rappelle être resté un long moment devant une fenêtre de notre baraquement, à regarder tomber la pluie oblique et maussade, mon doigt sur la gâchette me démangeant très peu, voire pas du tout. J'entendais dans mon dos le grattement hostile de dizaines de stylos sur des dizaines de cartes-lettres « par avion ». Soudain, sans rien de spécial en tête, je me suis éloigné de la fenêtre et j'ai mis mon imperméable, mon cache-nez, mes godillots, mes gants de laine, mon calot (incliné selon un angle bien personnel dont on parle encore, légèrement au-dessous des oreilles). Puis, après avoir synchronisé ma montre avec la pendule des chiottes, j'ai descendu la colline par le long chemin aux pavés mouillés, sans prêter attention aux éclairs autour de moi. C'est votre heure ou ça ne l'est pas.

Au centre de la ville, qui en était certainement le quartier le plus humide, je me suis arrêté devant une église pour lire le tableau paroissial, d'abord parce que les chiffres dessinés en blanc sur fond noir avaient attiré mon attention, mais en partie aussi parce qu'en trois ans d'armée, j'avais pris le réflexe de lire tous les tableaux. À trois heures et quart, annonçait le bulletin, il y aurait répétition de la chorale. J'ai regardé ma montre, puis à nouveau le tableau. On avait épinglé la liste des enfants qui devaient y assister. Debout sous la pluie, j'ai lu les noms jusqu'au dernier, puis je suis entré dans l'église.

Une dizaine d'adultes étaient disséminés dans les travées. Plusieurs tenaient sur leurs genoux, semelles retournées, des caoutchoucs de petite taille. J'ai traversé la nef et me suis assis au premier rang. Dans la tribune, une vingtaine d'enfants entre sept et treize ans, des filles pour la plupart, étaient serrés sur trois rangées de chaises de parloir. La cheffe de chœur, une énorme femme habillée de tweed, leur demandait d'ouvrir la bouche un peu plus grand. Y en avait-il parmi eux, demanda-t-elle, qui avaient déjà entendu un petit oiseau chanter sa jolie chanson sans ouvrir d'abord son petit bec tout grand, tout grand, tout grand ? Apparemment, personne n'en avait entendu. On la gratifia d'un regard attentif, mais muet. Elle continua en disant qu'elle voulait que *tous* ses enfants comprennent bien le *sens* des mots qu'ils chantaient et qu'ils ne se contentent pas de les *réciter* comme de petits perroquets sans cervelle. Elle souffla ensuite une note dans son diapason et les enfants, comme autant de jeunes haltérophiles, soulevèrent leur livre de cantiques.

Ils chantaient sans accompagnement instrumental – ou plus exactement, dans leur cas, sans être perturbés par rien. Leurs voix étaient si mélodieuses, si pures, qu'un homme plus mystique que moi aurait pu, sans se forcer, se livrer à la lévitation. Deux des plus petits faisaient un peu traîner la mesure, mais d'une manière telle que seule la mère du compositeur aurait pu y trouver à redire. Je n'avais jamais entendu ce cantique, et je me pris à souhaiter qu'il eût au moins une douzaine de couplets. En écoutant, j'examinai le visage de tous les enfants, mais l'un surtout retint mon attention, celui de la petite fille qui était la plus proche de moi, au bout de la première rangée. Elle avait environ treize ans, des cheveux blonds et raides coupés au carré, un front ravissant et des yeux blasés qui, pensais-je, pouvaient très certainement compter l'assistance en moins de deux. Je distinguais nettement sa voix de celle des autres, et pas seulement parce qu'elle était près de moi. Elle avait le meilleur registre dans les aigus, le timbre le plus pur, le plus assuré, qui entraînait les autres naturellement. La petite demoiselle, pourtant, semblait comme ennuyée par son propre talent, ou peut-être simplement par les circonstances où il s'exerçait : deux fois, entre les couplets, je la vis bâiller. C'était un bâillement de dame, lèvres closes, mais on ne pouvait s'y méprendre : les ailes de ses narines la trahissaient.

Le cantique à peine terminé, la cheffe de chœur s'est mise à expliquer longuement ce qu'elle pensait des gens qui ne savent pas tenir leurs pieds tranquilles et leur bouche cousue pendant le sermon. J'ai compris que la répétition était finie et, avant que la voix discordante du professeur eût tout à fait rompu le charme qu'avait créé celle des enfants, je me suis levé et suis sorti de l'église.

Il pleuvait plus fort encore. J'ai descendu la rue et jeté un coup d'œil par la fenêtre dans la buvette de la Croix-Rouge, mais deux ou trois rangées de soldats se tenaient au comptoir et, même à travers la vitre, j'entendais rebondir les balles de ping-pong dans une autre pièce. J'ai traversé et suis entré dans un salon de thé pour civils, où il n'y avait personne à part une serveuse entre deux âges qui aurait préféré, me sembla-t-il, un client avec un imperméable sec. J'ai utilisé le portemanteau, en me faisant remarquer le moins possible, me suis assis à une table et ai commandé un thé avec un toast à la cannelle. C'était la première fois de la journée que je parlais à quelqu'un. J'ai passé au peigne fin toutes mes poches, y compris celles de mon imper, et j'ai fini par retrouver deux vieilles lettres à relire, une de ma femme, qui me disait que le service n'était plus ce qu'il était chez Schraffte, 88e rue, et une de ma belle-mère, qui me demandait de bien vouloir lui envoyer de la laine cachemire à tricoter dès que j'aurais l'occasion de « sortir de la caserne ».

J'en étais encore à ma première tasse de thé lorsque la petite demoiselle que j'avais admirée et écoutée à la chorale entra dans la salle. Ses cheveux étaient trempés et l'on voyait le bord de ses oreilles. Elle était avec un tout jeune garçon – son frère, on ne pouvait s'y tromper – dont elle enleva la casquette avec deux doigts, comme s'il s'agissait d'un spécimen de laboratoire. Fermant la marche venait ensuite une femme à l'air énergique qui portait un chapeau de feutre mou et qui devait être leur gouvernante. Tout en retirant son manteau, notre choriste traversa la salle et choisit une table : un choix excellent, pour mon goût, car elle n'était qu'à deux ou trois mètres, juste en face de moi. Elle et la gouvernante s'assirent. Le garçonnet, qui devait avoir dans les cinq ans, n'était pas décidé à s'asseoir. Il ôta sa vareuse et la laissa tomber. Puis, avec le visage impénétrable du parfait démon, il entreprit méthodiquement d'agacer sa gouvernante, en poussant et en tirant sa chaise d'avant en arrière, tout en la fixant pour voir l'effet que ça produisait. À deux ou trois reprises, la gouvernante lui ordonna à voix basse de s'asseoir et de cesser ses singeries, mais ce fut seulement lorsque sa sœur lui eut parlé qu'il consentit à venir poser son derrière sur sa chaise. Il saisit aussitôt sa serviette et se la mit sur la tête. Sa sœur l'enleva, la déplia et la lui étala sur les genoux.

Au moment où on leur apportait le thé, la petite choriste surprit le regard que je posais sur leur groupe. Elle me regarda attentivement à son tour, avec ses yeux sachant compter, puis, soudain, me gratifia d'un petit sourire de politesse. Il était étrangement radieux, comme le sont parfois les petits sourires de politesse. Je le lui rendis, en beaucoup moins radieux ; je devais cacher, avec ma lèvre supérieure, un plombage gris provisoire que l'on venait de me poser entre deux dents de devant. Une seconde plus tard, la demoiselle se tenait debout près de ma table, avec une assurance que beaucoup lui auraient enviée. Elle portait une robe en tissu écossais – le tartan des Campbell, je crois – que je trouvais faite à merveille pour une toute jeune fille, un jour très, très pluvieux.

— Je croyais que les Américains détestaient le thé.

Ce n'était pas l'observation d'une madame je-sais-tout, mais plutôt d'une personne qui aimait l'exactitude ou les statistiques. Je répondis que certains de mes compatriotes ne buvaient jamais rien d'autre et lui demandai si elle accepterait de partager ma table.

— Merci. Peut-être pour un très court moment.

Je me levai et approchai une chaise, celle qui me faisait face. Elle s'assit sur le bord, bien droite, mais dans une attitude gracieuse, sans raideur. Je revins – presque avec précipitation – à mon propre siège, bien décidé à faire rebondir la conversation. Pourtant, lorsque je fus assis, je ne trouvai rien à dire. Je souris à nouveau, en veillant à cacher mon plombage, et lui fis remarquer qu'il faisait un temps affreux.

— Oui, tout à fait.

Mon invitée avait clairement, indubitablement, la voix de quelqu'un qui a horreur des banalités. Elle posa ses doigts à plat sur le bord de la table, comme à une séance de spiritisme, puis referma les mains aussitôt. Ses ongles étaient rongés jusqu'au sang. Elle portait une montre-bracelet d'un style très militaire, qui ressemblait à un chronomètre de navigateur, dont le cadran était beaucoup trop gros pour son poignet gracile.

— Vous étiez à la chorale, affirma-t-elle d'un ton sans réplique. Je vous ai vu.

Je dis que bien sûr j'y étais, que j'avais distingué sa voix parmi les autres, et qu'elle avait une très jolie voix. Elle acquiesça.

— Je sais, j'ai l'intention d'être cantatrice.

— Vraiment ? À l'Opéra ?

— Ciel, non ! Je chanterai du jazz à la radio, je gagnerai beaucoup d'argent. Puis, quand j'aurai trente ans, je me retirerai dans un ranch de l'Ohio.

Elle toucha avec sa paume le dessus de ses cheveux trempés.

— Vous connaissez l'Ohio ?

Je répondis que je l'avais traversé plusieurs fois en train, mais que je ne le connaissais pas vraiment. Je lui offris un morceau de mon toast à la cannelle.

— Non, merci, je mange comme un oiseau, pour tout vous dire.

Je grignotai un bout de toast et lui expliquai qu'il y avait des régions très rudes dans l'Ohio.

— Je sais, un Américain me l'a dit. Vous êtes le onzième que je rencontre.

Sa gouvernante lui fit signe à ce moment de revenir immédiatement à sa table – d'arrêter d'embêter le monsieur. Pour toute réponse, mon invitée déplaça calmement sa chaise de quelques centimètres et, le dos franchement tourné, coupa toute communication avec la gouvernante.

— Vous allez à cette école d'agents secrets sur la colline, n'est-ce pas ? me demanda-t-elle avec assurance.

Sans me démonter, je répliquai que je séjournais dans le Devon pour raisons de santé.

— Ah, vraiment ? Je ne suis pas née d'hier, vous savez.

Je lui dis que je m'en serais douté. Pendant un moment, je me contentai de boire mon thé. J'avais conscience de poser un peu et je me rassis légèrement plus droit sur ma chaise.

— Vous semblez très intelligent pour un Américain, murmura mon invitée d'un ton rêveur.

Je fis la remarque que son affirmation était assez snob, quand on y réfléchissait, et que j'espérais qu'elle était indigne d'elle. Elle rougit, me donnant aussitôt le poids dont j'avais manqué jusqu'ici.

— Eh bien, la plupart des Américains que j'ai vus se conduisent comme des animaux. Ils sont toujours en train de se donner des coups de poing, d'insulter tout le monde et... Vous savez ce que l'un d'eux a fait ?

Je fis non de la tête.

— Il y en a un qui a lancé une bouteille de whisky vide dans la fenêtre de ma tante. Heureusement, la fenêtre était ouverte. Mais ça vous paraît intelligent, à vous ?

Ça ne me paraissait pas l'être spécialement, mais je ne l'exprimai pas. Je dis que beaucoup de soldats de par le monde étaient loin de chez eux, que très peu avaient connu de vraies joies dans leur vie et que je croyais que la plupart des gens l'auraient compris tout seuls.

— C'est possible, admit mon invitée sans conviction.

Elle porta de nouveau la main à ses cheveux mouillés en essayant de ramener quelques mèches blondes sur ses oreilles.

— J'ai les cheveux trempés. Je dois faire peur à voir.

Elle me regarda.

— Mes cheveux ondulent quand ils sont secs.

— Je l'imagine très bien. J'en suis persuadé.

— Ils ne sont pas exactement bouclés, mais ils ondulent. Vous êtes marié ?

Je répondis que oui. Elle hocha la tête.

— Êtes-vous très amoureux de votre femme ? Ou suis-je trop indiscrète ?

Je lui assurai que quand elle le serait, je l'arrêterais.

Elle avança ses mains et ses poignets sur la table et je me rappelle avoir voulu faire quelque chose en voyant à nouveau sa montre à énorme cadran : peut-être lui suggérer de la porter en guise de ceinture.

— De manière générale, je n'ai pas l'instinct grégaire.

Elle m'observa pour voir si je connaissais la signification du mot. Je ne lui donnai aucune indication, ni dans un sens ni dans l'autre.

— Je suis venue simplement parce que vous me paraissiez très seul. Vous avez un visage très expressif.

Je dis qu'elle avait raison, que je me sentais seul et que j'étais très heureux qu'elle soit venue.

— Je m'efforce de devenir plus compatissante. Ma tante me trouve très froide. (Elle toucha à nouveau le dessus de sa tête.) Je vis avec ma tante. Elle est très gentille. Depuis la mort de ma mère, elle a fait tout ce qu'elle a pu pour que Charles et moi nous sentions chez nous.

— J'en suis heureux.

— Maman était extrêmement intelligente. Capiteuse, par certains côtés.

Elle me regarda avec intensité.

— Me trouvez-vous très froide ?

Je lui dis que non, absolument pas, qu'en fait c'était plutôt le contraire. Je lui donnai mon nom et lui demandai le sien. Elle hésita.

— Mon prénom est Esmé. Je ne pense pas que je devrais vous dire mon nom de famille pour l'instant. J'ai un titre, et il se peut que vous soyez impressionné par les titres. Les Américains le sont, vous savez.

Je dis que je ne pensais pas que je le serais, mais que ça pourrait tout de même être une bonne idée de taire son titre pour un temps.

À cet instant, je sentis un souffle chaud sur ma nuque. Je me retournai et faillis me cogner le nez contre celui du petit frère d'Esmé. Sans me prêter attention, il s'adressa à sa sœur d'une voix de tête perçante.

— Miss Megley dit qu'il faut que tu viennes finir ton thé.

Son message transmis, il recula vers la chaise qui, à ma droite, séparait la mienne de celle de sa sœur. Je l'observai avec grand intérêt. Il avait belle allure dans sa culotte en shetland brun, son pull de jersey bleu marine, sa chemise blanche et sa cravate à rayures. Il posa sur moi d'immenses yeux verts.

— Pourquoi les gens s'embrassent-ils de côté dans les films ? demanda-t-il.

— De côté ?

C'était un problème qui m'avait déconcerté dans mon enfance. Je répondis qu'à mon avis, c'était parce que le nez des acteurs était trop gros pour qu'ils s'embrassent de face.

— Il s'appelle Charles, m'apprit Esmé. Il est extrêmement intelligent pour son âge.

— Il a de beaux yeux verts ! N'est-ce pas, Charles ?

Charles me gratifia du regard dédaigneux que ma question méritait, puis, en se tortillant, il se laissa glisser sur le sol et fit passer tout son corps sous la table, excepté la tête qu'il renversa, comme pour faire le pont, sur le dessus de la chaise.

— Ils sont orange, dit-il d'une voix étranglée en s'adressant au plafond.

Il attrapa un coin de la nappe et en couvrit son beau visage impénétrable.

— Parfois, il est intelligent, et parfois il ne l'est pas, dit Esmé. Charles, assieds-toi.

Charles ne bougea pas d'un pouce. Il semblait retenir sa respiration.

— Notre père lui manque beaucoup. Il a été T-U-É en Afrique du Nord.

J'exprimai mes regrets. Esmé hocha la tête.

— Papa l'adorait.

Elle mordilla pensivement la peau de son pouce rongé.

— Il ressemble beaucoup à ma mère. Je parle de Charles. Je suis le portrait craché de mon père.

Elle continuait de mordiller la peau de son ongle rongé.

— Ma mère était très passionnée. C'était une femme extravertie. Père était introverti. Ils s'entendaient très bien pourtant, mais d'une manière superficielle. Pour être tout à fait franche, Père aurait eu besoin d'une compagne plus intellectuelle que ma mère. C'était un génie, un homme extrêmement doué.

J'attendis, intéressé, plus ample information, mais rien ne vint. Je baissai les yeux vers Charles, qui avait posé la joue sur le dessus de la chaise. Quand il vit que je le regardais, il ferma les yeux, prit un air endormi, angélique, puis il tira la langue – un appendice d'une longueur étonnante – et poussa un cri qui, dans *mon* pays, aurait salué la myopie d'un arbitre de base-ball. Tout le salon de thé en fut choqué.

— Ça suffit, dit Esmé, visiblement pas choquée du tout. Il a entendu un Américain faire ça dans la queue d'un *fish and chips*, et maintenant il le fait chaque fois qu'il s'ennuie. Arrête tout de suite, ou je te renvoie vers miss Megley.

Charles écarquilla ses yeux immenses pour montrer qu'il avait entendu la menace de sa sœur, mais ne sembla pas autrement troublé. Il referma les yeux, sa joue toujours posée sur le dessus de la chaise.

Je lui fis remarquer qu'il devrait peut-être éviter de faire ça (la huée du Bronx, s'entend) jusqu'à ce qu'il porte son titre officiellement. Évidemment, s'il avait un titre lui aussi.

Esmé m'enveloppa d'un long regard clinique.

— Vous avez un grand sens de l'humour, n'est-ce pas ? dit-elle sur un ton mélancolique. Père disait que je manque totalement d'humour. Il disait que j'étais mal armée pour affronter la vie parce que je n'ai pas le sens de l'humour.

Tout en allumant une cigarette, je lui dis qu'à mon avis, le sens de l'humour n'était pas très utile dans les moments vraiment difficiles.

— Père disait que si.

Ce n'était pas un avis contraire, mais une profession de foi, et je fis rapidement machine arrière. J'admis que son père voyait peut-être les choses de très haut, alors que j'étais en train de ne pas voir plus loin que le bout de mon nez (peu importe ce que cela voulait dire).

— Père manque beaucoup à Charles, ajouta Esmé après un instant. C'était un homme excessivement aimable. Extrêmement beau aussi. Non que l'apparence physique importe beaucoup, mais c'est un fait. Pour un homme foncièrement bon, il avait un esprit terriblement pénétrant.

J'acquiesçai. Je dis que son père devait avoir, du moins je l'imaginais, un vocabulaire extraordinairement étendu.

— Oh oui, très. C'était un archiviste… amateur, bien sûr.

À ce moment, venue du côté de Charles, je sentis sur mon bras une tape désagréable, presque un coup de poing. Je me tournai vers lui. Il était assis dans une position presque normale sur sa chaise, sauf qu'il avait un genou replié sous lui.

— Qu'est-ce qu'un mur dit au mur d'à côté ? demanda-t-il d'un ton criard. C'est une devinette !

Je roulai des yeux pensifs vers le plafond et répétai la question tout haut. Puis je regardai Charles d'un air obtus et répondis que je donnais ma langue au chat.

— Rendez-vous au coin ! m'assena-t-il en hurlant.

C'est sur Charles lui-même que cela produisit le plus d'effet. Ça lui parut drôle à mourir. En fait, Esmé dut faire le tour de la table et lui taper dans le dos pour l'empêcher de s'étouffer.

— Maintenant, ça suffit.

Elle revint s'asseoir.

— Il pose cette devinette à tous les gens qu'il rencontre et chaque fois, il se rend malade. D'habitude, il bave quand il rit. Maintenant ça suffit, s'il te plaît !

— C'est en tout cas une des meilleures que je connaisse, dis-je à Charles qui retrouvait progressivement son sérieux.

En réponse à ce compliment, il se tassa sur sa chaise et se masqua de nouveau le bas du visage avec un coin de la nappe. Puis il me regarda, et il y avait dans ses yeux un restant de fou rire et tout l'orgueil de celui qui connaît une ou deux très, très bonnes devinettes.

— Puis-je savoir ce que vous faisiez avant d'entrer dans l'armée ? me demanda Esmé.

Je répondis que je n'avais encore rien fait du tout, que je n'étais sorti de l'Université que depuis un an, mais que j'aimais me considérer comme un auteur de nouvelles.

Elle acquiesça poliment.

— Publié ?

C'est une question naturelle mais toujours gênante, une question à laquelle j'avais déjà répondu un certain nombre de fois. Je me mis à expliquer que la plupart des éditeurs américains étaient une bande de…

— Mon père écrivait joliment, coupa Esmé. Je garde quelques-unes de ses lettres pour la postérité.

Je dis que ça me semblait être une excellente idée. Mon regard tomba une fois encore sur sa montre à énorme cadran. Je lui demandai si elle appartenait à son père.

Elle regarda son poignet d'un air grave.

— Oui, elle était à lui. Il me l'a donnée juste avant que Charles et moi soyons évacués.

Un peu gênée, elle retira ses mains de la table et ajouta :

— Il me l'avait seulement prêtée, bien sûr.

Elle changea de conversation :

— Je serais extrêmement flattée si vous écriviez un jour une histoire rien que pour moi. Je dévore les livres.

Je lui dis que je le ferais certainement, si je pouvais, mais que je n'étais pas un auteur très fécond.

— Ça n'a pas besoin d'être terriblement long ! Du moment que ce n'est ni bête ni puéril.

Elle réfléchit.

— Ce que je préfère, c'est les histoires sur l'abjection.

Je me penchai en avant.

— Sur quoi ?

— L'abjection. Je suis extrêmement intéressée par l'abjection.

J'étais sur le point de lui demander de plus amples détails quand Charles me pinça le bras un bon coup. Je me tournai vers lui, en sursaut. Il était tout près de moi.

— Qu'est-ce qu'un mur dit au mur d'à côté ? dit-il sans cérémonie.

— Tu lui as déjà demandé, remarqua Esmé. Maintenant ça suffit !

Sans se soucier d'elle, Charles me monta sur un pied et répéta sa question clé. Je remarquai que le nœud de sa cravate n'était pas bien serré. Je le remis en place, puis, le regardant droit dans les yeux, je proposai : « Rendez-vous au coin ? »

À peine l'avais-je donnée que je regrettais ma réponse. Charles resta bouche bée. J'eus l'impression que le choc la lui avait ouverte. Il descendit de mon pied avec une dignité offensée et regagna sa table sans se retourner.

— Il est furieux, commenta Esmé. Il a un caractère très violent. Ma mère avait tendance à le gâter. Seul mon père était raisonnable avec lui.

Je continuai à regarder Charles, qui s'était assis et buvait son thé en tenant sa tasse à deux mains. J'espérais qu'il se retournerait, mais il ne le fit pas.

Esmé se leva.

— *Il faut que je parte aussi*[1], soupira-t-elle. Vous parlez français ?

Je me levai, rempli de confusion et de regret. Esmé me tendit la main ; comme je m'y attendais, elle était nerveuse, moite à la paume. Je lui dis, en anglais, à quel point j'avais apprécié sa compagnie.

— Je pensais qu'elle pourrait vous être agréable. Je suis très communicative pour mon âge.

Elle toucha encore une fois ses cheveux.

1. En français dans le texte.

— Je suis affreusement désolée pour mes cheveux. Je dois être horrible à regarder.

— Pas du tout ! En fait, je crois qu'ils recommencent à onduler.

À nouveau, elle les toucha vivement.

— Pensez-vous que vous reviendrez ici sous peu ? Nous venons tous les samedis, après la répétition.

Je répondis que rien ne me ferait plus plaisir, mais que malheureusement, j'étais à peu près sûr de ne pas pouvoir.

— En d'autres termes, vous ne pouvez pas parler des mouvements de troupes.

Elle ne faisait pas mine de quitter ma table. Au contraire, elle croisa les pieds et, fixant le sol, aligna le bout de ses chaussures. C'était très joli à voir, car elle portait des chaussettes blanches et avait des chevilles et des pieds ravissants. Elle releva brusquement la tête.

— Aimeriez-vous que je vous écrive ? demanda-t-elle, le visage empourpré. J'écris des lettres extrêmement bien construites pour une personne de mon…

— J'adorerais ça.

Je sortis un crayon, du papier, et écrivis mon nom, mon grade, mon matricule et mon numéro de secteur postal.

— Je vous écrirai la première, dit-elle en prenant le papier. De cette façon, vous ne vous sentirez pas obligé.

Elle mit mes coordonnées dans une poche de sa robe.

— Au revoir, dit-elle avant de regagner sa table.

Je commandai un autre thé et restai à les regarder tous les deux jusqu'à ce qu'ils se lèvent pour partir avec une miss Megley épuisée. Charles, ouvrant la marche, boitait tragiquement, comme s'il avait une jambe de plusieurs centimètres plus courte que l'autre. Il n'eut pas un regard pour moi. Miss Megley venait ensuite, puis Esmé, qui me fit un signe de la main. Je le lui rendis, me levant à moitié de ma chaise. Ce fut pour moi un moment d'émotion étrange.

Moins d'une minute après, Esmé revint dans le salon de thé, tirant Charles derrière elle par la manche de sa vareuse.

— Charles voudrait vous embrasser pour vous dire au revoir.

Je posai immédiatement ma tasse et répondis que c'était très gentil, mais en était-elle bien *sûre* ?

— Oui, dit-elle, la bouche un peu pincée.

Elle lâcha la manche de Charles et le poussa dans ma direction d'une vigoureuse bourrade. Il s'avança, visage livide, et m'appliqua un baiser sonore et mouillé juste au-dessous de l'oreille droite. Ceci fait, il s'apprêtait à foncer vers la porte et des occupations moins sentimentales quand je l'attrapai par sa martingale et, le retenant, lui demandai :

— Qu'est-ce qu'un mur dit au mur d'à côté ?

Son visage s'éclaira.

— Rendez-vous au coin ! hurla-t-il, et il se rua hors du salon de thé, avec un rire au bord de l'hystérie.

Esmé avait croisé les chevilles à nouveau.

— C'est vrai que vous n'oublierez pas d'écrire cette histoire pour moi ? Ce n'est pas la peine qu'elle soit *uniquement* pour moi, elle peut…

Je dis qu'il n'y avait aucune chance que j'oublie. Je lui expliquai que je n'avais jamais écrit d'histoire pour personne, mais que le moment me semblait venu de commencer.

Elle fit oui de la tête.

— Faites-la extrêmement abjecte et émouvante, suggéra-t-elle. Avez-vous jamais connu l'abjection ?

Je lui dis pas exactement, mais que d'une manière ou d'une autre, j'avais chaque jour l'occasion de faire plus ample connaissance avec elle, et que je ferais mon possible pour respecter ses instructions. Nous nous serrâmes la main.

— N'est-ce pas dommage que nous nous soyons rencontrés en des circonstances si pénibles ?

Je dis que ça l'était, que ça l'était certainement.

— Au revoir, me dit-elle. Je souhaite que vous reveniez de la guerre avec toutes vos facultés intactes.

Je la remerciai, ajoutai quelques mots encore et la suivis des yeux jusqu'à la porte du salon de thé. Elle sortit lentement, pensivement, touchant le bout de ses cheveux pour savoir s'ils étaient secs.

Voici maintenant la partie abjecte, ou émouvante, de l'histoire. La scène change. Les personnages aussi. Je suis toujours là, mais désormais, pour des raisons que je n'ai pas le droit de dévoiler, je me suis déguisé si habilement que le lecteur le plus malin ne réussira pas à me reconnaître.

Il était à peu près dix heures et demie du soir à Gaufurt, en Bavière, plusieurs semaines après la victoire. Le sergent X était dans sa chambre, au deuxième étage de la maison où il avait été cantonné, avec neuf autres soldats américains, avant même l'Armistice. Il était assis sur une chaise pliante en bois face à un petit bureau en désordre, et avait ouvert devant lui un livre de poche pour les troupes d'outre-mer qu'il avait bien du mal à lire. Le mal venait de lui, et non du roman. Bien que les hommes de l'étage en dessous fussent les premiers à rafler les ouvrages qu'envoyaient chaque mois les services spéciaux, X semblait toujours tomber sur un livre qu'il aurait pu choisir lui-même. Mais ce jeune homme n'était pas sorti de la guerre avec toutes ses facultés intactes ; cela faisait plus d'une heure qu'il relisait trois fois les mêmes paragraphes, et maintenant, il en était à relire trois fois les mêmes phrases. Il ferma brusquement le volume, sans marquer l'endroit où il s'était arrêté. De la main, il abrita un moment ses yeux de la lumière impitoyable que projetait l'ampoule nue au-dessus de la table.

Il prit une cigarette dans un paquet posé devant lui et l'alluma avec des doigts qui ne cessaient de trembler. Il se laissa aller sur sa chaise et fuma sans en sentir le goût. Il fumait cigarette sur cigarette depuis des semaines. Ses gencives saignaient à la plus légère pression de sa langue, et il n'arrêtait pas d'appuyer dessus. C'était devenu pour lui comme un jeu, qu'il faisait durer parfois une heure. Il resta assis à fumer et à faire saigner ses gencives. Puis soudain, sans que rien, comme d'habitude, ne l'ait laissé prévoir, il sentit son esprit se retourner sur lui-même et basculer comme un bagage mal attaché dans le filet d'un compartiment. Il fit aussitôt ce qu'il faisait depuis des semaines pour remettre les choses en ordre : il pressa fortement ses mains contre ses tempes. Il les tint ainsi un long moment. Ses cheveux avaient besoin d'être coupés, et ils étaient sales. Il les avait lavés deux ou trois fois durant les deux semaines qu'il venait de passer à l'hôpital de Francfort-sur-le-Main, mais ils avaient pris la poussière tout au long du retour en jeep jusqu'à Gaufurt. Armistice ou pas Armistice, le caporal Z, qui était venu le chercher à l'hôpital, conduisait encore sa jeep « à la baroudeur », pare-brise rabattu sur le capot. Il y avait maintenant des milliers de jeunes recrues en Allemagne. En conduisant sa jeep pare-brise rabattu, le caporal Z espérait montrer qu'il n'en était pas et qu'il avait cessé depuis belle lurette d'être un petit con de bleu du Théâtre européen des armées.

Quand il lâcha sa tête, X contempla la surface de la table, encombrée de deux dizaines de lettres non décachetées, de cinq ou six colis non ouverts, tous à son nom. Repoussant le tout, il prit un livre placé contre le mur. C'était un texte de Goebbels, intitulé *Die Zeit ohne Beispiel*[1]. Il appartenait à la fille de la maison, une célibataire de trente-huit ans qui habitait encore ici quelques semaines plus tôt. Elle était sous-fifre dans le parti nazi, mais assez haut placée cependant pour tomber, selon les critères de l'armée, dans la catégorie à mettre automatiquement sous les verrous. C'était X en personne qui l'avait arrêtée. Pour la troisième fois depuis son retour de l'hôpital, il ouvrit le livre de cette femme et lut la courte inscription que portait la page de garde. Écrits à l'encre, en allemand, d'une écriture fine, désespérément sincère, se détachaient les mots : « Mon Dieu, la vie, c'est l'enfer. » Rien avant, rien après. Seule sur la page, dans le silence malsain de la pièce, la phrase prenait l'importance d'une maxime incontestable, presque classique. X la fixa pendant quelques minutes, luttant de toutes ses forces pour ne pas s'y laisser prendre. Puis avec bien plus d'énergie qu'il n'en avait mis depuis des semaines dans tout ce qu'il avait fait, il prit un crayon et écrivit en anglais, au-dessous de l'inscription : *Mes pères et maîtres, je songe : « Qu'est-ce que l'enfer ? » Je raisonne ainsi : c'est la souffrance de*

1. En allemand dans le texte : *Le Temps sans exemple.*

ne plus pouvoir aimer. Il commençait à inscrire le nom de Dostoïevski sous la phrase quand il vit, avec une terreur qui le secoua tout entier, que ce qu'il venait d'écrire était illisible. Il ferma l'ouvrage.

Il prit aussitôt autre chose sur la table, une lettre de son frère aîné d'Albany qui était déjà là bien avant son entrée à l'hôpital. Il la décacheta, vaguement résolu à la lire jusqu'au bout, mais il ne lut que le haut de la première page. Il s'arrêta après les mots : « Maintenant que cette p… de guerre est finie, et que tu as certainement pas mal de temps libre, pourrais-tu envoyer aux enfants une paire de baïonnettes ou de croix gammées… » Après l'avoir déchirée, il regarda les morceaux dans la corbeille à papier. Il vit qu'il y avait dans l'enveloppe une photo qu'il n'avait pas remarquée. Il pouvait distinguer les pieds de quelqu'un sur une pelouse.

Il mit les bras sur la table et posa le front dessus. Il avait mal des pieds à la tête, et toutes les zones de douleur semblaient se ramifier. C'était un peu comme un arbre de Noël dont les lumières, branchées en dérivation, s'éteignent toutes si une seule ampoule est mauvaise.

La porte s'ouvrit d'une secousse, sans qu'on eût frappé. X releva la tête, la tourna et vit le caporal Z debout sur le seuil. Le caporal Z partageait la même jeep que X et ne le quittait pas depuis le jour J. Ils avaient fait ensemble cinq campagnes. Il habitait au premier et avait l'habitude de monter voir X quand il avait des potins à raconter ou de la bile à soulager. Il était immense, photogénique, il avait vingt-quatre ans. Pendant la guerre, il avait posé pour un grand magazine dans la forêt d'Hürtgen. Il s'était laissé photographier, plus qu'obligeamment, avec une dinde de Noël dans chaque main.

— T'es en train d'faire ta correspondance ? demanda-t-il à X. On veille les morts là-dedans, bon Dieu !

Il préférait toujours les pièces éclairées par le plafond.

X se retourna sur sa chaise, lui dit d'entrer et de faire attention à ne pas marcher sur le chien.

— Le quoi ?

— Alvin. Il est juste sous tes pieds, Clay. Si t'allumais cette foutue lumière ?

Clay appuya sur l'interrupteur du plafonnier, traversa la minuscule chambre de bonne et s'assit sur le bord du lit, en face de son compagnon. Ses cheveux roux, qu'il venait de peigner, dégoulinaient encore de toute l'eau qu'il avait appliquée pour les discipliner. Un peigne pliant à clip dépassait de la poche droite de sa chemise kaki. Sur la poche gauche, il portait l'insigne des commandos d'infanterie (que, théoriquement, il n'avait pas le droit de porter), le ruban du Théâtre européen des armées, orné des cinq étoiles de bronze de ses campagnes (alors qu'une seule en argent aurait suffi), et la médaille de l'American Campaign.

Il soupira bruyamment : « Dieu tout-puissant », ce qui ne voulait rien dire. C'était l'armée. Il sortit un paquet de cigarettes de sa poche de chemise, donna une tape pour en faire sortir une, rentra le paquet dans sa poche et reboutonna le rabat. Tout en fumant, il promena sur la chambre un regard vide. Ses yeux s'arrêtèrent finalement sur la radio.

— Hé ! Il y a une émission sensas' à la radio dans quelques minutes. Bob Hope, et tous les autres.

Ouvrant un paquet de cigarettes neuf, X dit qu'il venait juste d'éteindre la radio.

Sans se vexer, Clay le regarda essayer d'allumer une cigarette.

— Bon sang ! dit-il avec l'enthousiasme d'un badaud, tu devrais voir tes mains ! Ma parole, t'as sacrément la tremblote ! Tu le savais ?

X alluma sa cigarette, hocha la tête, et dit que Clay avait le chic pour repérer les détails.

— Non, mais sans blague... Merde, j'ai failli tourner de l'œil quand je t'ai vu à l'hôpital. Tu sais de quoi t'avais l'air ? Ni plus ni moins qu'un *macchabée*. Combien t'avais perdu ? Combien de kilos, tu sais ?

— J'en sais rien. Tu as reçu du courrier pendant mon absence ? Des nouvelles de Loretta ?

Loretta était la fiancée de Clay. Ils avaient l'intention de se marier dès que ce serait possible. Elle lui écrivait très régulièrement depuis son paradis de triples points d'exclamation et d'observations fausses. Tout au long de la guerre, Clay avait lu à X les lettres de Loretta, aussi intimes fussent-elles – en fait, plus c'était intime, plus il lisait volontiers. Après chaque lecture, il demandait à X de faire le plan ou le brouillon de la réponse, ou d'y insérer quelques mots français ou allemands qui fassent leur effet.

— Ouais, j'ai eu une lettre d'elle, pas plus tard qu'hier, dit Clay distraitement. Elle est en bas dans ma chambre, j'te la montrerai tout à l'heure.

Il s'assit bien droit sur le bord du lit, retint sa respiration et poussa un rot sonore. À moitié satisfait de son exploit, il se détendit à nouveau.

— Son frangin quitte la marine à cause de sa hanche. Lui, il a sa hanche, le salaud.

Il se redressa et essaya un autre rot, mais le résultat fut moins bon. Soudain, son visage s'éclaira.

— Hé, avant que j'oublie ! Il faut qu'on se lève à cinq heures demain, on va à Hambourg, ou dans le coin. Chercher des blousons Eisenhower pour tout le détachement.

Avec un regard hostile, X affirma qu'il ne voulait pas de blouson Eisenhower. Clay parut surpris, et même un peu choqué.

— Oh, ils sont bien ! Ils vont pas mal. Qu'est-ce qui te prend ?

— Rien. Mais pourquoi on se lèverait à cinq heures ? La guerre est finie, nom de Dieu !

— J'sais pas… Faut qu'on soit revenus avant midi… Y a des nouveaux formulaires à remplir avant le déjeuner… J'ai demandé à Bulling qu'il les donne, qu'on pourrait les remplir ce soir, il les a tous sur son bureau, merde. Mais non, ce fils de pute veut pas ouvrir les enveloppes maintenant.

Ils restèrent un moment sans parler, maudissant Bulling. Brusquement, Clay regarda X avec un intérêt nouveau.

— Hé, tu sais qu'il y a un côté de ta gueule qui n'arrête pas de sauter ?

X répondit qu'il le savait parfaitement et recouvrit son tic de la main.

Clay l'observa un moment, puis ajouta avec enthousiasme, comme s'il annonçait une nouvelle exceptionnelle :

— J'ai écrit à Loretta que tu faisais une dépression nerveuse.

— Ah bon ?

— Ouais, ces machins l'intéressent vachement. Elle se spécialise en psychologie.

Il s'étendit sur le lit, chaussures comprises.

— Tu sais ce qu'elle dit ? Elle dit qu'on ne peut pas faire une dépression nerveuse seulement à cause de la guerre et tout ça. Que tu as probablement été instable toute ta vie.

X mit la main sur ses yeux – la lumière au-dessus du lit semblait l'éblouir – et répondit que la façon qu'avait Loretta de voir les choses était toujours aussi réjouissante.

Clay le regarda.

— Écoute, mon salaud. Elle touche sa bille en psychologie, plus que toi, en tout cas.

— En te forçant un peu, tu ne pourrais pas enlever tes pieds puants de mon lit ? demanda X.

Clay laissa ses pieds où ils étaient pendant quelques secondes, l'air je-sais-très-bien-ce-que-j'ai-à-faire-de-mes-pieds, puis il les balança par terre et s'assit.

— De toute façon, je descends. Il y a une radio dans la piaule de Walker.

Il ne se leva pas pour autant.

— Hé, je racontais justement à ce fils de pute de bleu du dessous, Bernstein : tu te rappelles la fois qu'on est entrés dans Valognes, toi et moi, et qu'on s'est fait canarder pendant deux heures et que j'ai abattu ce con de chat qui avait sauté sur le capot de la jeep pendant qu'on se planquait dans un trou ? Tu t'en souviens ?

— Oui… Ne recommence pas tes histoires avec ce chat, Clay. Putain de merde, je ne veux plus en entendre parler.

— Non, tout ce que je veux dire, c'est que je l'ai raconté à Loretta dans une lettre. Ils en ont discuté dans son cours de psychologie. En classe et tout, avec le prof et tout le monde.

— C'est bon, Clay. Je ne veux plus en entendre parler.

— Écoute, tu sais pourquoi j'ai envoyé un pruneau au chat, tu sais ce qu'elle dit, Loretta ? Elle dit que j'étais temporairement fou. Sans blague. À cause du bombardement et tout.

X passa ses doigts, une seule fois, dans ses cheveux sales, puis ramena sa main devant ses yeux pour les abriter de la lumière.

— Tu n'étais pas fou. Tu faisais simplement ton devoir. Tu as tué ce petit chat en homme, comme n'importe qui l'aurait fait en de telles circonstances.

Clay le regarda d'un air soupçonneux.

— Qu'est-ce que tu me chantes ?

— Ce chat était un espion. C'était ton *devoir* de lui balancer un pruneau. C'était un Allemand nain très futé, camouflé sous un manteau de fourrure bon marché. Donc, il n'y avait absolument rien de brutal ni de cruel, ni de dégoûtant, ni même…

— Sacré bon Dieu ! dit Clay en pinçant les lèvres. Tu peux donc jamais parler *sérieusement* ?

X eut soudain mal au cœur. Il se précipita en avant et attrapa la corbeille à papier, juste à temps.

En se relevant, il se retourna vers son camarade, qui était debout, embarrassé, à mi-chemin entre le lit et la porte. X commença une phrase pour s'excuser, mais il changea d'avis et chercha ses cigarettes.

— Tu descends avec moi écouter Bop Hope à la radio ? demanda Clay.

Il gardait ses distances mais essayait de rester amical.

— Ça te fera du bien, je t'assure.

— Vas-y, Clay… Je vais regarder ma collection de timbres.

— Non ? T'as une collection de timbres ? Première nouvelle…

— Je blague.

Clay fit deux pas vers la porte.

— Il se peut que j'aille à Ehstadt tout à l'heure. Y a un bal. Il va probablement durer jusqu'à deux heures. Ça te dit ?

— Non, merci… Si ça me dit, je ferai quelques pas ici.

— O.K. B'soir ! Te fais pas de bile, nom de Dieu !

La porte claqua et se rouvrit aussitôt.

— Hé, c'est d'accord si je passe une lettre pour Loretta sous ta porte ? J'ai foutu un peu d'allemand dedans. Tu peux arranger ça pour moi ?

— Oui. Maintenant, laisse-moi tranquille, bon Dieu !

— D'accord. Tu sais ce que ma mère m'a écrit ? Elle m'a écrit qu'elle était contente qu'on soit restés ensemble pendant toute la guerre, toi et moi. Dans la même jeep et tout ça. Elle dit que mes lettres sont vachement plus intelligentes depuis qu'on est ensemble.

X leva la tête, le regarda, et fit un effort pour dire :

— Merci. Remercie-la pour moi.

— Manquerai pas, b'soir !

Il claqua la porte, pour de bon cette fois.

X resta assis à regarder la porte un bon moment, puis il tourna sa chaise vers la table et prit sa machine à écrire sur le parquet. Il fit de la place sur le meuble encombré en repoussant l'amas de lettres et de colis qu'il n'avait pas ouverts. Il pensait que s'il écrivait à un vieil ami qu'il avait à New York, cela pourrait lui faire un peu de bien. Mais ses doigts tremblaient si fort, à nouveau, qu'il ne réussit pas à glisser correctement la feuille sous le rouleau. Il posa les mains sur ses hanches une minute, essaya encore, mais en fin de compte, il froissa la feuille entre ses doigts.

Il se dit qu'il ferait bien d'aller vider la corbeille à papier hors de la chambre, mais il n'en fit rien. Il croisa les bras sur la machine à écrire, posa la tête dessus et ferma les yeux.

Quand il les ouvrit, après quelques minutes d'une douleur lancinante, son regard tomba sur un petit paquet fermé, emballé dans du papier vert. Il avait probablement glissé de la pile lorsqu'il avait fait de la place pour sa machine à écrire. Il vit qu'on l'avait fait suivre plusieurs fois. Rien que sur un côté, il distinguait trois de ses anciens secteurs postaux.

Il l'ouvrit histoire de faire quelque chose, sans même regarder le nom de l'expéditeur, en brûlant la ficelle avec une allumette. Il était plus intéressé à regarder brûler la ficelle qu'à ouvrir le paquet, mais pour finir, il le défit.

À l'intérieur, un billet, écrit à l'encre, était posé sur un petit objet enveloppé dans du papier de soie. Il prit le billet et le lut.

17, rue…
…, Devon
7 juin 1944

Cher Sergent X,

J'espère que vous me pardonnerez d'avoir mis 38 jours pour entamer notre correspondance, mais j'ai été extrêmement occupée car ma tante a eu des streptocoques dans la gorge et a failli périr, et j'ai dû, évidemment, prendre en charge une responsabilité après l'autre. Cependant, j'ai très souvent pensé à vous et à l'après-midi extrêmement agréable que nous avons passé ensemble, le 30 avril 1944 entre 15 h 45 et 16 h 15, au cas où vous l'auriez oublié.

Tous, ici, nous sommes terriblement excités et bouleversés par le Jour J, et nous souhaitons vivement qu'il amène sans tarder la fin de cette guerre et d'une façon de vivre dont le moins qu'on puisse dire est qu'elle est ridicule. Charles et moi nous faisons beaucoup de souci pour vous. Nous espérons que vous n'étiez pas parmi ceux qui ont donné le premier assaut dans la presqu'île du Cotentin. En étiez-vous ? Je vous prie, répondez-moi aussi vite que possible. Toute mon affectueuse amitié à votre femme.

Sincèrement vôtre,
ESMÉ.

P.-S. Je me permets de joindre à cette lettre ma montre, que vous pourrez garder par-devers vous toute la durée du conflit. Je n'ai pas remarqué si vous en portiez une pendant notre brève rencontre, mais celle-ci est extrêmement étanche et antichoc, et possède bien d'autres qualités, comme celle d'indiquer, si on le désire, à quelle vitesse on marche. Je suis certaine qu'elle vous rendra plus service à vous qu'à moi en ces jours difficiles, et que vous l'accepterez comme un talisman.

Charles, à qui j'apprends à lire et à écrire, et qui me paraît un élève extrêmement intelligent, souhaite ajouter quelques mots. Je vous en prie, écrivez dès que vous en aurez le temps et le désir.

HELLO, HELLO, HELLO, HELLO, HELLO,
HELLO, HELLO, HELLO, HELLO, HELLO,
GROS BAISERS, CHARLES

Il se passa un long moment avant que X pût poser la lettre et retirer de la boîte la montre-bracelet du père d'Esmé. Quand, à la fin, il y parvint, il vit que le verre avait été brisé pendant le transport. Il se demanda si la montre avait subi d'autres dommages, mais il n'eut pas le courage de la remonter pour le vérifier. Il resta simplement assis là, encore un long moment, la montre dans la main. Soudain, brusquement, presque voluptueusement, il sentit qu'il s'endormait.

Vous avez affaire à un homme endormi, Esmé, et qui conserve *toujours* une chance de redevenir un homme avec toutes ses fac... avec toutes ses F-A-C-U-L-T-É-S intactes.

Jolie ma bouche
et verts mes yeux

Quand le téléphone sonna, l'homme aux cheveux gris demanda sans trop d'aménité à la jeune femme si elle voyait un inconvénient à ce qu'il réponde. La jeune femme l'entendit comme s'il parlait de très loin. Elle tourna son visage vers lui, un œil fermé – celui qui était du côté de la lumière –, l'autre écarquillé mais sans surprise, si profondément bleu qu'il semblait presque violet. L'homme aux cheveux gris lui dit de se dépêcher. Elle se souleva sur le coude droit, juste assez vite pour que ça n'ait pas l'air de mauvaise grâce, écarta ses cheveux de son front, de la main gauche, et dit :

— Mon Dieu, je n'en sais rien. Qu'est-ce que tu en penses, toi ?

L'homme aux cheveux gris répondit que, merde, d'une manière ou d'une autre, ça ne faisait pas une grande différence. Il glissa sa main gauche sous le bras de la jeune femme, au-dessus du coude sur lequel elle s'appuyait, puis ses doigts remontèrent, cherchant une place tiède sous l'aisselle. Il attrapa le téléphone de la main droite. Pour l'atteindre, il dut se soulever un peu, ce qui lui fit toucher l'abat-jour de la tête. Une seconde, la lampe éclaira vivement – et assez flatteusement – ses cheveux gris, presque blancs. Un peu emmêlés à ce moment, ils n'en montraient pas moins qu'ils étaient récemment passés chez le coiffeur. Coupés très court sur le cou et les tempes, ils étaient plus longs sur le dessus et les côtés : une coupe classique, avec une petite touche « distinguée ».

— Allô ? dit-il d'une voix sonore dans l'appareil.

La jeune femme, toujours appuyée sur le coude, le regardait. Grands ouverts, ses yeux n'étaient ni inquiets ni méditatifs, ils ne reflétaient guère que leur couleur.

Une voix d'homme se fit entendre à l'autre bout du fil, une voix froide et neutre au débit rapide et vulgaire, presque obscène, à croire qu'on l'empruntait pour plaisanter :

— C'est toi, Lee ? Je te réveille ?

L'homme aux cheveux gris échangea un bref regard avec la jeune femme.

— Qui est-ce ? C'est toi, Arthur ?

— Ouais..., je te réveille ?

— Non, non. Je suis couché, je lisais. Il y a quelque chose qui ne va pas ?

— C'est sûr que j'te réveille pas ? Parole d'homme ?

— Non, non, absolument pas. En fait, j'arrive pas à fermer l'œil plus de quatre heures par...

— Je t'appelle, Lee, parce que je voudrais te demander : t'as pas remarqué par hasard à quelle heure Joanie s'est tirée ? T'as pas remarqué si elle se tirait avec les Ellenbogen ?

L'homme aux cheveux gris jeta un nouveau coup d'œil de côté, mais assez haut cette fois, bien au-dessus de la jeune femme qui le contemplait avec les yeux bleus d'un jeune agent de police irlandais.

— Non, j'ai pas remarqué, Arthur.

Ses yeux fixaient l'obscurité en haut de la pièce, là où le mur et le plafond se rejoignent.

— Elle n'est pas partie avec toi ? reprit-il.

— Non, bon Dieu, non. Tu l'as pas vue se tirer, donc ?

— Ma foi, franchement, non, j'ai pas remarqué, Arthur. En fait, honnêtement, j'ai rien remarqué de la soirée. J'avais à peine passé la porte que je me suis trouvé embringué dans une palabre à n'en plus finir avec ce merdeux de Français, ou de Viennois, je ne sais plus. Ces maudits étrangers sont toujours à l'affût du plus petit conseil juridique, du moment qu'il est gratuit. Pourquoi ? Qu'est-ce qu'il y a ? Joanie a disparu ?

— Oh, bon Dieu, qu'est-ce que j'en sais ? J'en sais rien. Tu la connais quand elle a son compte. J'en sais rien. Peut-être qu'elle a juste…

— Tu as appelé les Ellenbogen ?

— Ouais. Sont pas encore rentrés. Je sais plus. Bon Dieu, j'suis même pas sûr qu'elle se soit *tirée* avec eux. Je sais qu'une chose, merde, et je la sais bien, celle-là. C'est que j'en ai plus que marre de me casser la tête.

Sans blague. Je déconne pas cette fois : j'en ai ma claque. Cinq ans, bon Dieu !

— Allons, essaie de prendre ça avec un peu de calme, Arthur. D'abord, si je connais bien les Ellenbogen, il y a toutes les chances pour qu'ils aient sauté dans un taxi et qu'ils soient allés traîner au Village. Ils vont probablement débarquer tous les trois…

— J'ai l'impression qu'elle est allée s'occuper d'un mec dans la cuisine. J'en ai bien l'impression. Quand elle est bourrée, elle saute au cou du premier con venu dans la cuisine. J'en ai marre. Bon Dieu, je te jure, je blague pas. Cinq putains…

— Où es-tu en ce moment, Arthur ? Chez toi ?

— Ouais, chez moi. À la maison, au doux foyer, merde !

— Écoute, faut pas t'en faire comme… Qu'est-ce qu'il y a ? Tu es saoul ou quoi ?

— J'en sais rien. Et puis je m'en fous !

— D'accord. Maintenant écoute : calme-toi ! Tu connais les Ellenbogen, nom de Dieu ! Ce qui a dû se passer, c'est qu'ils ont raté le dernier train. Ils vont probablement débarquer chez toi tous les trois dans une minute, gais comme des pinsons, après une virée dans…

— Ils étaient en voiture.

— Qu'est-ce que tu en sais ?

— Par la fille qui garde les gosses. On a eu plusieurs conversations passionnantes. On est copains comme cochons. On est devenus très intimes.

— D'accord, d'accord. Et alors ? Tu ne peux pas te calmer un peu, maintenant, et rester tranquille ? Ils vont probablement te tomber tous les trois sur le dos avant que t'aies dit ouf. Fais-moi confiance. Tu connais Leona, non ? Ils rappliquent toujours à New York avec une envie de rigoler *made in Connecticut* plein leurs valises. Tu le sais, non ?

— Oui, je sais, je sais… Enfin, je sais plus.

— Mais si, tu le sais. Réfléchis un peu. Ils ont probablement embarqué Joanie par la tête et par les pieds avant…

— Écoute, personne n'a jamais embarqué Joanie nulle part ! Me bourre pas le mou avec cette histoire !

— Personne ne te bourre le mou, Arthur, dit calmement l'homme aux cheveux gris.

— Je sais, je sais ! Excuse-moi. Bon Dieu, je perds les pédales, moi. Parole d'homme, tu me jures que j't'ai pas réveillé ?

— Je te le dirais, Arthur.

Il retira distraitement sa main gauche de sous l'aisselle de la jeune femme.

— Écoute, Arthur, tu veux un conseil ?

Il prit entre ses doigts le fil du téléphone, juste sous le récepteur.

— Je suis sérieux. Tu veux un conseil ?

— Ouais. Je sais plus. Bon Dieu, je t'empêche de dormir. Je me demande pourquoi je vais pas tout simplement me couper la…

— Écoute-moi une seconde. Je parle sérieusement. Tu vas gentiment aller au lit et te détendre. Sers-toi un dernier verre, et mets-toi sous les…

— Encore un verre ! Tu blagues ou quoi ? Mais bordel de Dieu, j'ai séché un litre entier ces deux dernières heures ! Encore un verre ! Je suis tellement blindé que j'peux même pas…

— D'accord, d'accord. Alors, va te coucher. Et calme-toi, tu m'entends ? Enfin, avoue, à quoi ça t'avance de ruminer en te rongeant les sangs ?

— Ouais, je sais. J'm'en ferais même pas, nom de Dieu, mais on ne peut pas lui faire confiance. On ne peut pas, je te jure ! Tu n'peux plus lui faire confiance dès qu'elle n'est plus à portée de… je sais pas quoi. Oh, et puis, qu'est-ce que ça fait ! Je perds complètement les pédales.

— Écoute, oublie tout ça, maintenant, n'y pense plus. Fais-moi plaisir, essaie de chasser tout ça de ton esprit. Tu le sais bien, tu es en train de te faire une… Je crois sérieusement que tu te fais une montagne…

— Ce que je fais ? *Tu veux rire* ? J'ai honte de te le dire, tu sais ce que j'ai foutrement envie de faire tous les soirs, quand je rentre ? Tu veux savoir ?

— Écoute, Arthur, c'est pas le…

— *Attends* une seconde ! Je vais te le dire, sacré bon Dieu ! C'est tout juste si je peux me retenir d'ouvrir les placards de l'appartement. J'te jure ! Chaque soir, en rentrant, je m'attends à trouver un tas de pauvres types planqués partout. Des garçons d'ascenseur, des livreurs, des *flics*...

— D'accord, d'accord. Essaie de te calmer un peu, Arthur.

L'homme aux cheveux gris jeta un coup d'œil sur la droite, vers une cigarette allumée un peu plus tôt dans la soirée, qui tenait en équilibre sur le bord d'un cendrier. Mais visiblement, elle était éteinte, et il ne la prit pas.

— Écoute, je te l'ai dit je ne sais combien de fois, Arthur, c'est précisément ça, ton grand tort. Tu sais ce que tu fais ? Veux-tu que je te le dise ? Tu fais tout – je parle sérieusement – et n'importe quoi pour te torturer. La vérité, c'est que c'est toi qui lui donnes des idées, à Joanie !

Il changea de ton.

— Tu as de la veine que ce soit une bonne petite. Je t'assure. Tu ne lui fais jamais confiance, pour rien, ni pour la gentillesse ni pour la jugeote, sacré nom de Dieu, puisqu'on en parle...

— La jugeote ! Tu veux rire ? Elle en a jamais eu deux grammes à la fois, de la jugeote ! C'est un animal !

L'homme aux cheveux gris, narines dilatées, sembla reprendre profondément sa respiration.

— Nous sommes tous des animaux. Au fond des choses, nous sommes tous des animaux.

— Cette blague ! J'ai rien d'un animal, moi ! Je suis peut-être le plus con et le plus salaud des fils de pute du XXe siècle, mais j'ai rien d'un animal ! Pas la peine d'user ta salive, j'ai rien d'un animal.

— Écoute, Arthur, tout ça ne nous mène…

— De la *jugeote* ! Bon Dieu, tu peux pas savoir comme c'est drôle. Elle se prend pour une intellectuelle ! C'est ça le plus marrant, c'est à crever. Elle lit la page des spectacles, elle regarde la télé jusqu'à ce que les yeux lui en tombent, et voilà, c'est une intellectuelle ! Tu veux savoir avec qui je suis marié ? Je suis marié avec *la plus sous-développée des actrices – psychanalystes – romancières – encore – à-découvrir actuellement en vie* ! Au génie le plus méconnu qu'on puisse trouver à New York ! Tu ne le savais pas, hein ? Bon Dieu, c'est tellement tordant que je veux pas vivre un jour de plus ! Madame Bovary au cours du soir de Columbia ! Madame…

— Qui ? demanda l'homme aux cheveux gris, d'une voix lasse.

— Madame Bovary qui prend des leçons de critique de télévision. Bon Dieu, tu peux pas savoir comme…

— D'accord, d'accord. Tu vois bien que tout ça ne nous mène à rien.

Il se retourna et, deux doigts contre la bouche, fit signe à la jeune femme de lui donner une cigarette.

— Et puis, reprit-il dans l'appareil, t'as beau être un type bougrement intelligent, on ne peut pas trouver moins diplomate que toi.

Il se redressa un peu pour qu'elle puisse atteindre les cigarettes derrière lui.

— Je parle sérieusement. Ça se voit dans ta vie privée, ça se voit dans ta…

— De la *jugeote* ! Oh, bon Dieu, ça me tue ! Seigneur tout-puissant ! Tu l'as jamais entendue te parler de quelqu'un – un homme, je veux dire ? Si tu n'as rien de mieux à faire, un de ces jours, fais-moi plaisir, fais-la parler d'un type. De tous ceux qu'elle rencontre, elle dit qu'ils sont « follement séduisants ». Ça ne fait rien si c'est le plus vieux, le plus gras, le plus crasseux…

— D'accord, Arthur, dit sèchement l'homme aux cheveux gris. Tout ça n'avance à rien. À rien.

Il prit une des deux cigarettes allumées que lui tendait la jeune femme.

— Au fait, dit-il, en exhalant une bouffée de fumée par le nez, comment t'en es-tu tiré aujourd'hui ?

— Quoi ?

— Comment t'en es-tu tiré aujourd'hui ? Comment a marché l'affaire ?

— Oh, bon Dieu ! Je sais plus. Mal. Pas deux minutes avant que je balance ma salade, qu'est-ce que fait l'avocat du plaignant, Lissberg ? Il fait entrer une cinglée de femme de chambre avec une pile de draps comme pièces à conviction. Pleins de taches de punaises, bon Dieu !

— Et alors ? Tu as perdu ? demanda l'homme aux cheveux gris, tirant une autre bouffée de sa cigarette.

— Tu sais qui siégeait ? Mother Vittorio. Je ne saurais jamais ce que ce mec a contre moi ! J'avais pas encore ouvert la bouche qu'il me tombait dessus. On peut pas discuter avec un type pareil. C'est impossible.

L'homme aux cheveux gris tourna la tête pour voir ce que faisait la jeune femme. Elle venait de prendre un cendrier pour le placer entre eux.

— Alors, tu as perdu ou quoi ? dit-il à l'appareil.

— Quoi ?

— Je te demande si tu as perdu.

— Ouais. J'allais t'en parler. J'ai pas eu l'occasion à la soirée, avec tout ce tintouin. À ton avis, Junior va sauter au plafond ? C'est pas que je m'en fasse, merde, mais à ton avis ? Tu crois qu'il va râler ?

De la main gauche, l'homme étala la cendre de sa cigarette sur le bord du cendrier.

— Il ne sautera pas nécessairement au plafond, répondit-il calmement. Mais il y a très peu de chances pour qu'il te saute au cou. Tu sais depuis combien de temps on s'occupe de ces trois hôtels pourris ? C'est le vieux Shanley lui-même qui a commencé…

— Je sais, je sais. Si Junior m'a pas raconté ça cinquante fois, il l'a jamais raconté. C'est la plus belle histoire que j'aie entendue de ma vie. D'accord, j'ai perdu cette affaire, et alors ? Et d'une, c'est pas ma faute. Vittorio m'a cherché des poux pendant toute l'audience. Là-dessus, cette bourrique de femme de chambre qui commence à déballer ses draps pleins de taches de punaises...

— Personne ne dit que c'est ta faute, Arthur. Tu me demandes si je crois que Junior va sauter au plafond. Je te donne simplement mon...

— Je sais, je sais bien... Je sais plus, moi. Je m'en fous, je peux toujours retourner à l'armée. Je t'en ai parlé ?

À nouveau, l'homme aux cheveux gris tourna la tête vers la jeune femme pour la prendre à témoin de sa patience, voire de son héroïsme. Mais celle-ci ne vit pas sa mimique. Elle venait de renverser le cendrier avec son genou et rassemblait avec les doigts les cendres répandues. Elle leva les yeux vers lui une seconde trop tard.

— Non, Arthur, tu ne m'en as pas parlé.

— Eh bien, ça se pourrait. J'sais pas encore. Ça m'emballe pas plus que ça, bien sûr, et c'est pas une chose que je ferai si c'est pas nécessaire. Mais enfin, ça se pourrait. J'en sais rien. Au moins, ça effacerait tout. Si on me rendait mon petit casque, mon énorme bureau, ma grande moustiquaire, au fond, ça serait pas tellement...

— J'aimerais bien t'enfoncer un peu de bon sens dans la tête, mon petit, ça me ferait plaisir, je t'assure. Pour un gars intelligent, enfin, pour un gars soi-disant intelligent, tu parles comme si tu avais douze ans. Et je te dis ça comme je le pense. Tu donnes à un tas de petits détails les proportions de l'Himalaya, et tu n'es même pas de taille à…

— J'aurais dû la quitter. Tu sais quoi ? J'ai failli en finir avec elle cet été, quand j'avais le vent en poupe… Tu sais ça ? Tu sais pourquoi j'l'ai pas fait ? Tu veux savoir pourquoi ?

— Arthur, nom de Dieu ! Tout ça ne nous mène à rien.

— Attends une seconde que je te dise pourquoi. Tu veux savoir pourquoi j'l'ai pas fait ? Je peux te le dire exactement : parce que j'ai eu pitié d'elle ! C'est la simple vérité. J'ai eu pitié d'elle.

— Bon, je ne sais pas. Ça me dépasse un peu. Il me semble pourtant que la seule chose que tu oublies, c'est que Joanie est majeure et vaccinée. Je ne sais pas, mais je crois…

— Majeure et vaccinée ! T'es cinglé ou quoi ? C'est une enfant vaccinée, oui ! Écoute, il suffit que je me rase – écoute ça, tu vas voir –, je suis en train de me raser, et d'un coup, la voilà qui m'appelle du fin fond de l'appartement. Je me précipite pour voir ce qui se passe – en plein milieu de mon machin, avec de la mousse plein la figure ! – et tu sais ce qu'elle veut ? Elle veut me demander si je la trouve intelligente. Je te jure ! Elle est *pathétique*, je te dis ! Je la regarde quand elle dort et je sais ce que je dis, crois-moi.

— Bon, tu es mieux placé que… Enfin, c'est pas de mon ressort. L'ennui, nom de Dieu, c'est que tu ne fais rien de constructif pour…

— On est *mal* assortis, c'est tout. Voilà le drame. On est si mal assortis que c'est pas croyable. Tu sais ce qu'il lui faudrait ? Il lui faudrait un grand salaud qui dise rien, mais qui se pointe de temps en temps, lui file une trempe, et retourne finir son journal. Voilà ce qu'il lui faudrait. Je suis trop bonasse avec elle. Je l'ai compris quand on s'est mariés, je te jure. Je veux dire, toi t'es un malin, tu t'es jamais marié, mais y a des moments, avant qu'on se marie, on a comme des éclairs de ce qui se passera plus tard. J'ai pas voulu comprendre. J'ai pas voulu regarder en face ces bon Dieu d'éclairs. Je suis une lavette. Tout le drame est là-dedans.

— Tu n'es pas une lavette. Tu ne sais pas te servir de ta tête, voilà tout, dit l'homme aux cheveux gris.

Il prit la nouvelle cigarette allumée que lui tendait la jeune femme.

— Et comment, que je suis une lavette ! Et comment ! Nom de Dieu, je le sais bien si je le suis ou pas ! Si je l'étais pas, tu penses bien que j'aurais pas tout laissé aller comme… Oh, et puis, qu'est-ce que ça fait ? Bien sûr que je suis une lavette… Bon Dieu, je suis en train de te faire passer une nuit blanche ! Pourquoi que tu m'raccroches pas au nez, bon Dieu ? Je t'assure. Raccroche.

— Je n'ai pas envie de raccrocher, Arthur. Je veux t'aider, si c'est humainement possible. La vérité, c'est que tu es ton pire…

— Elle n'a aucun respect pour moi. Elle n'a même plus d'amour, bon Dieu. Au fond, en analysant bien, je n'ai plus d'amour pour elle, moi non plus. Je sais plus. Je l'aime et je l'aime plus. Ça dépend. C'est selon les jours, bon Dieu ! Chaque fois que je me décide à en finir pour de bon, on dîne en ville pour une raison ou pour une autre. Je la retrouve quelque part, et elle s'amène avec ses putains de *gants* blancs ou quelque chose… je sais plus. Ou bien alors, je repense à la première fois qu'on est allés en voiture voir le match de Princeton à New Haven. On a crevé juste après la sortie de l'autoroute. Il faisait un froid de canard et elle tenait la lampe électrique pendant que je changeais ce putain de truc… Tu vois ce que je veux dire. Je sais plus. Ou bien encore, je pense – bon Dieu, c'est gênant à dire –, je me mets à penser à ce poème à la con que je lui ai envoyé quand on a commencé à se fréquenter :

Rose est ma couleur et blanche,
Jolie ma bouche et verts mes yeux…

Bon Dieu, c'est pas des choses à dire, mais il me la rappelait. Elle n'a pas les yeux verts – elle a les yeux de la couleur de ces saletés de coquillages, bon Dieu ! – mais ça me faisait penser à elle… J'sais pas. À quoi ça sert de parler ? Je perds les pédales. Raccroche ! Je t'assure.

L'homme aux cheveux gris s'éclaircit la gorge.

— Je n'ai pas l'intention de raccrocher, Arthur. Il y a une chose, malgré tout…

— Une fois, elle m'a acheté un costume. Avec son argent à elle. Je t'ai raconté ?

— Non, je…

— Elle est tout bonnement allée chez… Tripler, je crois… et elle l'a acheté. Je suis pas venu avec elle, attention. Je veux dire, elle a de sacrés bons côtés. Le plus marrant, c'est qu'il m'allait pas si mal. Il a fallu juste reprendre un peu le fond du pantalon… les jambes… et la longueur. Tu vois, elle a de sacrés bons côtés.

L'homme aux cheveux gris écouta encore quelques secondes. Puis, brusquement, il se tourna vers la fille. Le regard qu'il lui lança, quoique fugitif, l'informa clairement de ce qui se passait tout à coup à l'autre bout du fil.

— Écoute, Arthur, ça ne t'avance à rien. Ça ne t'avance à rien, je t'assure. Écoute, je te le dis en toute sincérité. Tu vas te déshabiller et te mettre au lit comme un bon garçon. Et te calmer un peu. Joanie va certainement arriver dans une *minute*. T'as pas envie qu'elle te trouve dans cet état, non ? Ces enfoirés d'Ellenbogen vont probablement débarquer avec elle. Tu veux pas qu'ils te voient dans cet état, non ? (Il écouta.) Arthur ? Tu m'entends ?

— Bon Dieu, je t'empêche de dormir. Tout ce que je fais, c'est…

— Tu ne m'empêches pas de dormir. Ne te tracasse pas pour ça. Je te l'ai déjà dit, je dors à peine quatre heures par nuit. Ce que je voudrais pourtant, si c'est humainement possible, c'est t'aider, mon pote. (Il écouta.) Arthur ? Tu es là ?

— Ouais. Je suis là. Écoute, je t'ai réveillé pour le reste de la nuit de toute façon. Est-ce que j'pourrais pas venir prendre un verre chez toi ? Ça t'ennuie ?

L'homme aux cheveux gris se redressa et posa la paume de sa main libre sur sa tête.

— Tu veux dire : tout de suite ?

— Ouais. Bien sûr, si ça ne t'ennuie pas. Juste une minute. Histoire de m'asseoir quelque part et… j'sais pas. Tu veux bien ?

— Ouais, dit l'homme aux cheveux gris. Mais à vrai dire, je crois qu'il vaut mieux pas, Arthur. (Il baissa la main.) Comprends-moi bien, tu es plus que bienvenu ici, mais honnêtement, je crois que tu ferais mieux de rester tranquille chez toi jusqu'à ce que Joanie rapplique. Sincèrement, ce que tu veux, c'est être là quand elle rappliquera, non ? C'est vrai ou pas ?

— Ouais. Je sais plus. Bon Dieu, je sais plus.

— Mais si, vraiment, je crois. Écoute, pourquoi tu ne vas pas te coucher maintenant ? Tu te calmes un peu, et après, si tu veux, tu me rappelles ? Je veux dire, si tu as besoin de parler un peu. Et *cesse* de te faire de la bile. C'est le plus important. Tu m'écoutes ? On fait comme ça ?

— D'accord.

L'homme aux cheveux gris garda encore un instant l'écouteur contre son oreille, puis il le reposa sur son support.

— Qu'est-ce qu'il a dit ? demanda aussitôt la jeune femme.

Il prit sa cigarette dans le cendrier, au milieu d'un tas d'autres plus ou moins consumées, en tira une bouffée, et répondit :

— Il voulait venir boire un verre ici.

— Grand Dieu ! Qu'est-ce que tu as dit ?

— Tu as entendu. (Il la regarda.) Tu as entendu, non ?

Il écrasa sa cigarette.

— Tu as été formidable, absolument formidable. Nom d'un chien, qu'est-ce que je me sens moche !

— C'est une situation pénible, je ne sais pas si j'ai été aussi formidable que ça.

— Si, tu l'as été. Je suis vidée. Absolument *vidée*. Regarde-moi !

L'homme aux cheveux gris la regarda.

— La vérité, c'est que c'est une situation impossible. Je veux dire, tout ça est tellement fantastique, c'est même pas…

— Chéri, excuse-moi, dit vivement la jeune femme en se penchant sur lui, je crois que tu prends *feu*.

Elle lui épousseta le dos de la main à petites tapes sèches du bout des doigts.

— Non, ce n'est que de la cendre.

Elle s'écarta.

— Vraiment, tu as été magnifique. Grand Dieu, je me sens vraiment moche.

— Oui, c'est une situation très, très pénible. Ce gars-là est en train de devenir complètement…

La sonnerie du téléphone retentit soudain. L'homme aux cheveux gris dit : « Bon Dieu ! » mais décrocha avant le second coup.

— Allô ?

— C'est toi, Lee ? Tu dors ?

— Non, non.

— Écoute, je voulais juste te prévenir. Joanie vient de rappliquer.

— Quoi ? dit l'homme aux cheveux gris.

Il mit sa main gauche en écran devant ses yeux, alors que la lumière était derrière lui.

— Ouais. Elle vient juste de rappliquer. Pas dix secondes après mon coup de fil. J'ai pensé que je ferais bien de t'appeler pendant qu'elle est au petit coin. Écoute, merci mille fois, Lee. Sincèrement… Tu vois ce que je veux dire. Tu ne dormais pas, non ?

— Non, non. J'allais juste… Non, non, dit l'homme aux cheveux gris, et, la main toujours devant les yeux, il s'éclaircit la gorge.

— Ouais. Tu sais ce qui s'est passé ? À ce qu'il semble, Leona est devenue emmerdante et a piqué une crise de larmes. Bob a demandé à Joanie d'aller avec eux prendre un verre quelque part pour arranger tout ça. Je sais pas. Enfin, tu vois. Très compliqué. En tout cas, elle est rentrée. Quelle clique ! Sans blague, je crois que c'est cette putain de ville qui fait ça. Je crois que ce qu'on devrait faire, si tout va bien, c'est peut-être nous trouver un coin tranquille dans le Connecticut. Pas nécessairement au diable, mais assez loin quand même pour pouvoir mener une vie plus normale. Tu comprends, elle adore les plantes et tous ces trucs-là. Elle serait probablement folle de joie si elle avait un jardin à elle et tout le bataclan. Tu vois ce que je veux dire ? Enfin – toi excepté –, on connaît qui à New York, à part une bande de névrosés ? C'est fatal que, tôt ou tard, ça démolisse une personne, même normale. Tu vois ce que je veux dire ?

L'homme aux cheveux gris ne répondit pas. Ses yeux, derrière l'écran de ses mains, étaient clos.

— En tout cas, je vais lui en parler tout de suite. Ou demain matin, peut-être. Elle est encore un peu dans le cirage. Tu vois, c'est une brave gosse dans le fond, et si on a une chance de se remettre d'aplomb, tous les deux, ce serait vraiment con de pas essayer. Pendant que j'y suis, je vais tâcher d'arranger cette histoire de punaises, par la même occasion. J'y ai réfléchi, et je me demande, Lee : tu crois pas que si j'allais trouver Junior en personne, je pourrais…

— Arthur, si ça ne te fait rien, j'aimerais…

— Comprends-moi, je voudrais pas que tu penses que je t'ai rappelé parce que j'ai des soucis de boulot, ou quelque chose comme ça. Ça n'a rien à voir. C'est vrai, bon Dieu, il n'y a rien dont je me fiche davantage. Je me disais seulement que si je pouvais arranger les choses avec Junior sans me casser la tête, je serais idiot de pas…

— Écoute, Arthur, l'interrompit l'homme aux cheveux gris en écartant la main de son visage, j'ai tout d'un coup un mal de tête à hurler. Je ne sais pas comment ça m'a pris. Ça t'ennuie si on arrête là ? On parlera demain matin… D'accord ?

Il garda l'appareil encore un instant puis raccrocha.

La jeune femme se remit aussitôt à lui parler, mais il ne répondit pas. Il prit dans le cendrier une cigarette allumée – celle de la jeune femme – et voulut la porter à sa bouche, mais elle lui glissa des doigts. La jeune femme se pencha pour l'aider à la rattraper avant qu'elle ne brûle quelque chose, mais il lui dit de lui ficher la paix, pour l'amour de Dieu, et elle retira sa main.

La période bleue de Daumier-Smith

Si ça avait le moindre bon sens – et ça n'en a pas l'ombre –, je crois que je serais tenté de dédier ce récit, pour ce qu'il vaut, et surtout pour ce qu'il peut avoir d'un peu paillard par endroits, à la mémoire de feu mon paillard de beau-père, Robert Agadganian Junior. Bobby – comme tout le monde, y compris moi, l'appelait – est mort en 1947 d'une thrombose, avec quelques regrets bien sûr, mais sans se rebeller. C'était un homme audacieux, des plus attirants et généreux. (Après avoir passé tant d'années à lui refuser ces qualificatifs picaresques, je sens que c'est une question de vie ou de mort de les lui accorder ici.)

Mon père et ma mère divorcèrent pendant l'hiver 1928, alors que j'avais huit ans, et ma mère épousa Bobby Agadganian au printemps suivant. Un an plus tard, dans le krach de Wall Street, Bobby perdit tout ce que lui et ma mère possédaient, à l'exception, pourrait-on croire, d'une baguette magique. Le fait est qu'en l'espace d'une nuit, Bobby, ex-agent de change et *bon vivant**[1] sans moyens, se métamorphosa en expert en peinture – dynamique, à défaut d'être très qualifié – pour le compte d'un groupement de galeries de peinture américaines indépendantes et de musées des Beaux-Arts. Quelques semaines plus tard, au début de 1930, notre trio disparate se transporta de New York à Paris, l'endroit qui convenait le mieux au nouveau commerce de Bobby. Étant, à dix ans, un garçon plein de sang-froid, pour ne pas dire un iceberg, je pris ce déménagement, autant que je me souvienne, avec stoïcisme. Ce fut notre retour à New York, neuf ans plus tard, trois mois après la mort de ma mère, qui me porta un coup, un coup terrible.

Je me rappelle un incident significatif, qui se produisit dès le lendemain ou le surlendemain de notre arrivée à New York, Bobby et moi. J'étais debout dans un autobus bondé dans Lexington Avenue, me retenant à la barre émaillée près du conducteur, fesse contre fesse avec le type qui était derrière moi. Depuis pas mal d'arrêts, le conducteur ne cessait de répéter sur un ton sec, à ceux qui se pressaient à l'avant, « de reculer vers l'arrière du véhicule ». Quelques-uns d'entre nous avaient essayé de lui obéir. D'autres, non. À la fin, profitant d'un feu rouge, l'homme, à bout de patience,

1. En français dans le texte, comme tous les mots en italique de cette nouvelle qui sont suivis d'un astérisque.

se tourna sur son siège et leva les yeux vers moi, qui me trouvais juste derrière lui. À dix-neuf ans, je ne portais pas de chapeau mais un béret basque noir, pas très propre, qui me barrait disgracieusement le front juste au-dessus des yeux. Il me parla d'une voix basse, presque avec précaution :

— Alors, mon pote, on les bouge, ces fesses ?

Ce fut le « mon pote », je pense, qui déclencha tout. Sans même prendre la peine de me pencher vers lui – c'est-à-dire sans garder à la conversation ce ton privé et *de bon goût** qu'il avait eu, lui – je lui dis en français qu'il était un crétin mal dégrossi, malpoli et mal embouché, et qu'il ne saurait jamais combien il me sortait par les yeux. Sur ce, ravi de mon exploit, je reculai vers le fond du bus.

Les choses empirèrent. Un après-midi, une semaine ou deux après cette aventure, alors que je sortais de l'hôtel Ritz où Bobby et moi étions descendus pour une période indéterminée, j'eus l'impression qu'on avait dévissé et sorti tous les sièges de tous les bus de New York pour les aligner dans la rue et qu'une monstrueuse partie de chaises musicales battait son plein. Je pense que j'aurais accepté de participer au jeu si l'Église de Manhattan m'avait accordé un privilège spécial me garantissant que les autres joueurs resteraient respectueusement debout jusqu'à ce que je fusse assis. Quand il devint clair que rien de tel n'arriverait, je passai à l'action directe. Je priai pour que la ville fût débarrassée des gens et qu'il me fût donné la grâce d'être seul, S-E-U-L, ce qui est bien, à New York, la prière qui a toute chance d'être exaucée. En un rien de temps, ma vie fut envahie d'une solitude à couper au couteau. Le matin et au début de l'après-midi, j'assistais – l'esprit ailleurs – aux cours d'une école d'art que je détestais, au coin de la 48e rue et de Lexington Avenue. (La semaine avant que Bobby et moi quittions Paris, j'avais remporté trois premiers prix à l'Exposition nationale des jeunes qui s'était tenue à la galerie Fribourg. Pendant tout notre voyage vers l'Amérique, j'avais passé mon temps devant le miroir de notre cabine à observer ma singulière ressemblance avec le Greco.) Trois fois par semaine, je passais la fin de l'après-midi dans le fauteuil d'un dentiste qui, en quelques mois, m'arracha huit dents, dont trois de devant. Les deux autres fins d'après-midi de la semaine, j'allais flâner en général dans les galeries d'art, principalement celles de la 57e rue, où je me retenais à grand-peine de huer les nouvelles œuvres américaines. Le soir, en général, je lisais. J'avais acheté la collection complète des *Classiques Harvard* – avant tout parce que Bobby disait que nous n'avions pas de place pour eux – et je lus les cinquante volumes l'un après l'autre avec un plaisir sadique. Presque chaque nuit, j'installais mon chevalet entre les deux lits jumeaux de la chambre que Bobby et moi partagions, et je peignais. En un seul mois, si j'en crois mon journal de 1939, je terminai dix-huit peintures à l'huile. Il vaut la peine de noter que dix-sept d'entre elles étaient des autoportraits. Il m'arrivait pourtant, lorsque ma muse était capricieuse, de délaisser les toiles et de faire des dessins humoristiques. J'en ai conservé un. Il montre la bouche caverneuse d'un homme soigné par son dentiste. La langue de l'homme est un simple billet de cent dollars, et le dentiste dit tristement, en français : « Je crois que nous pourrons sauver la molaire, mais j'ai bien peur que cette langue ne doive sauter. » C'était un de mes préférés.

En tant que compagnons de chambre, Bobby et moi ne nous entendions ni mieux ni plus mal qu'un ancien de Harvard exceptionnellement conciliant et un bizuth de Cambridge exceptionnellement désagréable. Et lorsque, au fil des semaines, nous découvrîmes peu à peu que nous aimions la même femme (qui était morte), cela n'arrangea rien. En fait, cette découverte ne fit que colorer nos relations d'une pénible teinte « après-vous-Alphonse-je-n'en-ferai-rien ». Nous commençâmes à échanger des sourires enjoués chaque fois que nous nous heurtions sur le seuil de la salle de bains.

En mai 1940, dix mois environ après notre arrivée au Ritz, je vis dans un journal de Québec (un des seize quotidiens et périodiques de langue française auxquels je m'étais abonné) une annonce publicitaire d'un quart de colonne, insérée par la direction d'une école d'art par correspondance de Montréal.

On conseillait à tous les maîtres qualifiés – on allait même jusqu'à dire qu'on ne leur conseillerait jamais assez *fortement** – de se porter immédiatement candidats à un emploi de professeur à la plus nouvelle, la plus moderne des écoles d'art par correspondance du Canada. Les postulants, était-il stipulé, devaient parler couramment le français et l'anglais, et seuls devaient se présenter ceux dont la moralité et la sobriété étaient irréprochables. Les cours d'été des « Amis des vieux maîtres » débuteraient officiellement le 10 juin. Des exemples de travaux à la fois artistiques, académiques et commerciaux devaient être soumis à M. I. Yoshoto, *directeur**, ancien membre de l'Académie impériale des beaux-arts de Tokyo.

Me sentant qualifié au-delà de toute expression, je pris immédiatement sous le lit de Bobby sa machine à écrire Hermès Baby et j'écrivis en français une longue lettre débridée à M. Yoshoto, séchant pour ce faire tous mes cours du matin à l'école d'art de Lexington Avenue. Le premier paragraphe courait sur trois pages et brûlait presque le papier. J'y disais que j'avais vingt-neuf ans, que j'étais le petit-neveu d'Honoré Daumier, que je venais de quitter ma petite propriété du sud de la France, suite à la mort de ma femme, pour m'installer aux États-Unis – provisoirement, précisais-je – avec un parent infirme. Je peignais, ajoutais-je, depuis ma plus tendre enfance, mais sur les conseils de Pablo Picasso, qui était l'un des plus vieux et plus chers amis de mes parents, je n'avais jamais exposé. Cependant, bon nombre de mes toiles et de mes aquarelles étaient accrochées chez les amateurs les plus raffinés de Paris, pas du genre *nouveau riche**, où elles avaient *gagné** la sympathie immédiate des plus éminents critiques de l'époque. Après la disparition tragique et prématurée de ma femme, due à une *ulcération cancéreuse**, j'avais décidé de ne plus jamais poser un pinceau sur la toile. Mais de récentes difficultés financières m'avaient amené à transgresser cette ferme *résolution**. Je disais que je serais très honoré de soumettre quelques exemples de mes travaux aux « Amis des vieux maîtres » aussitôt que je les aurais reçus de mon agent de Paris, à qui j'allais envoyer un pli, bien sûr, *très pressé**. Je restai, très respectueusement, *Jean de Daumier-Smith.*

Il me fallut presque autant de temps pour choisir un pseudonyme que pour rédiger la missive entière.

Je l'avais écrite sur pelure satinée, mais je la glissai tout de même sous une enveloppe du Ritz. Après l'avoir affranchie avec un timbre exprès que j'avais trouvé dans le tiroir du haut de Bobby, je descendis la poster dans la boîte du hall de l'hôtel. Je m'arrêtai pour demander au préposé au courrier (qui de toute évidence me détestait) de faire attention aux lettres qui arriveraient prochainement au nom de Daumier-Smith. Puis, vers quatorze heures trente, je me glissai furtivement dans la classe d'anatomie de treize heures quarante-cinq, à l'école d'art de la 48e rue. Pour la première fois, mes camarades de classe me parurent de braves types.

Pendant les quatre jours suivants, je passai tous mes loisirs, plus quelques heures qui n'en faisaient pas tout à fait partie, à dessiner une dizaine de travaux typiques, à mon avis, de l'art commercial américain. Je fis surtout des lavis, mais deux ou trois fois, pour me mettre en valeur, j'utilisai le trait. Je croquai des gens en tenue de soirée descendant de limousines pour assister à une première – des couples minces, élancés, superchics, qui n'avaient de toute évidence jamais de leur vie infligé à personne l'odeur d'aisselles négligées – des couples qui, au fond, n'avaient peut-être pas d'aisselles du tout. Je dessinai de jeunes géants hâlés, en smoking blanc, assis à des tables blanches, au bord de piscines turquoise, qui portaient des toasts d'un air ravi, en levant des verres remplis d'un whisky bon marché, mais ostensiblement à la pointe de la mode. Je dessinai des enfants colorés, aux figures d'affiches, débordant de joie et de vitalité, qui tendaient leur bol vide et réclamaient avec enthousiasme une seconde ration de céréales. Je dessinai des filles rieuses à la poitrine haute, qui faisaient du ski nautique en toute décontraction parce qu'elles étaient largement à l'abri des fléaux nationaux tels que gingivites, rougeurs, cheveux ternes, assurances vie mal faites ou insuffisantes. Je dessinai des ménagères qui, jusqu'à ce qu'elles emploient la bonne marque de savon en paillettes, s'exposaient sans défense aux cheveux raides, aux mauvaises positions, aux enfants mal élevés, aux maris mécontents, aux mains rugueuses (mais fines), aux cuisines en désordre (mais immenses).

Dès que ces œuvres furent terminées, je les envoyai à M. Yoshoto, accompagnées d'une demi-douzaine de peintures non commerciales que j'avais rapportées de France. Je joignis également un petit mot sans façon où, en guise d'anecdote pleine d'humanité, j'évoquais la manière dont j'avais atteint, seul et en dépit de nombreux obstacles, dans la plus pure tradition romantique, les sommets froids, purs et solitaires de mon métier.

Les quelques jours qui suivirent ne furent qu'une horrible attente, mais, avant la fin de la semaine, je reçus une lettre de M. Yoshoto m'annonçant que j'étais accepté comme professeur chez « Les Amis des vieux maîtres ». La lettre était en anglais, bien que j'eusse rédigé la mienne en français. (Je sus par la suite que M. Yoshoto, qui connaissait le français mais pas l'anglais, avait, pour une raison que j'ignore, fait écrire sa lettre par Mme Yoshoto qui, elle, avait acquis en classe quelques connaissances de la langue anglaise.) M. Yoshoto y disait que les cours d'été seraient probablement les plus chargés de l'année, et qu'ils commenceraient le 24 juin. Cela me laissait presque cinq semaines, faisait-il ressortir, pour prendre mes dispositions. Il m'assurait de son infinie sympathie pour mes récents malheurs financiers et sentimentaux. Il souhaitait que je fisse mon possible pour me présenter chez « Les Amis des vieux maîtres » le dimanche 23 juin, afin de prendre connaissance de ce que j'aurais à faire et de me « lier d'amitié » avec les autres enseignants (qui, je l'appris par la suite, étaient au nombre de deux : M. Yoshoto et Mme Yoshoto). Il regrettait profondément qu'il ne fût pas d'usage, à l'école, d'avancer aux nouveaux professeurs les frais de leur voyage. Le salaire de début était de vingt-huit dollars par semaine, ce qui n'était pas, il s'en rendait bien compte, de gros émoluments, mais comme le gîte et une abondante nourriture étaient compris, et qu'il sentait bien que je brûlais du feu sacré de la vocation, il espérait que cela ne briserait pas mon enthousiasme. Il attendait impatiemment un télégramme confirmant mon acceptation, se réjouissant à l'avance de mon arrivée, et restait sincèrement mon nouvel ami et employeur, I. Yoshoto, ancien membre de l'Académie impériale des beaux-arts de Tokyo.

Mon télégramme de confirmation fut transmis dans les cinq minutes qui suivirent. Assez bizarrement, dans ma surexcitation, ou peut-être parce que le fait d'utiliser le téléphone de Bobby pour télégraphier me donnait un certain sentiment de culpabilité, je muselai ma prose et rédigeai le message en dix mots.

Le soir même, à sept heures, retrouvant comme à l'ordinaire Bobby à l'Oval Room pour dîner, j'eus le déplaisir de voir qu'il avait amené une invitée. Je ne lui avais pas soufflé mot de mes récentes activités extrascolaires, et je brûlais d'envie de lui annoncer la nouvelle – de lui assener le coup final – dès que nous serions seuls. L'invitée était une très séduisante jeune femme, divorcée depuis quelques mois à peine, que Bobby voyait beaucoup et que j'avais déjà rencontrée plusieurs fois. C'était une personne tout à fait charmante, dont j'interprétais sciemment les efforts pour être gentille avec moi, pour me faire poser les armes – ou tout au moins mon casque –, comme autant d'invitations implicites à la rejoindre au lit dès que je pourrais, c'est-à-dire dès que nous pourrions fausser compagnie à Bobby qui, de toute évidence, était trop vieux pour elle. Je me montrai hostile et laconique durant tout le dîner. Enfin, alors que nous prenions le café, j'exposai dans les grandes lignes mes nouveaux plans pour l'été. Quand j'eus terminé, Bobby me posa quelques questions perspicaces, auxquelles je répondis avec le sang-froid, la brièveté, la hauteur du maître de la situation.

— Oh, ça paraît *follement* intéressant, commenta l'invitée de Bobby, attendant, sans pudeur, que je lui passe sous la table mon adresse à Montréal.

— Je croyais que tu venais à Rhode Island avec moi, dit Bobby.

— Oh, chéri, ne faites pas votre horrible rabat-joie...

— Ce n'est pas ça, seulement j'aimerais bien en savoir un peu plus long sur cette histoire.

À son expression, j'aurais pu affirmer sans trop de risques qu'il échangeait déjà mentalement le compartiment qu'il avait réservé dans le train de Rhode Island pour une couchette du bas.

— Je crois que c'est la nouvelle la plus agréable, la plus *flatteuse* que j'aie entendue de toute mon existence, ajouta Mrs X avec chaleur. Ses yeux flambaient de lascivité.

Le dimanche où je sautai sur le quai de la gare de Windsor à Montréal, je portais un complet croisé en gabardine beige (dont j'avais une sacrément haute opinion), une chemise bleu marine, une cravate de coton d'un jaune franc, des chaussures blanc et marron, un panama (qui appartenait à Bobby et qui était trop petit pour moi), et une moustache roussâtre de trois semaines. M. Yoshoto était là pour m'accueillir. C'était un homme mince, de guère plus d'un mètre cinquante de haut, vêtu d'un costume de toile assez crasseux, qui portait des chaussures noires et un feutre noir à bord roulé. Il ne sourit, ni ne *prononça* – autant que je me souvienne – une seule parole quand nous nous serrâmes la main. Son expression – et le mot que j'emploie pour la décrire vient tout droit d'une édition française des *Fu Manchu* de Sax Rohmer –, était *impénétrable*. Je ne sais pourquoi, de mon côté, j'arborais un sourire d'une oreille à l'autre. Je n'arrivais pas à l'atténuer, encore moins à le réprimer complètement.

Il y avait plusieurs kilomètres à faire en bus entre la gare de Windsor et l'école. Je doute que M. Yoshoto ait prononcé cinq mots de tout le trajet. En revanche, en dépit ou peut-être à cause de son silence, je n'arrêtais pas de parler, jambes croisées, une cheville sur un genou, en essuyant constamment sur ma chaussette la transpiration de mes paumes. Il me semblait urgent, non seulement de réaffirmer mes mensonges précédents – au sujet de ma parenté avec Daumier, du décès de ma femme, de ma petite propriété dans le sud de la France – mais de broder autour. À la fin, pour ne pas m'éterniser sur ces pénibles souvenirs (de fait, ils commençaient à se faire un peu pénibles), je passai à la personne du plus ancien et plus cher ami de mes parents : Pablo Picasso. *Le pauvre Picasso**, comme je l'appelais. (Je l'avais choisi, je dois le dire, parce qu'il me semblait le peintre français le plus connu en Amérique. Je considérais en gros le Canada comme partie intégrante de l'Amérique.) Je rappelai pour la gouverne de M. Yoshoto, avec un flot de compassion naturelle pour un géant déchu, combien de fois je lui avais dit : « *Monsieur Picasso, où allez-vous ?** » Et que, en réponse à cette question profonde, le maître ne manquait jamais de traverser lentement son studio à pas pesants pour aller contempler une petite reproduction de ses *Saltimbanques* et la gloire, depuis longtemps perdue, qui avait été la sienne. L'ennui, avec Picasso, expliquai-je à M. Yoshoto comme nous descendions du bus, c'est qu'il n'écoutait jamais personne, pas même ses meilleurs amis.

En 1939, « Les Amis des vieux maîtres » occupaient le second étage d'un petit immeuble d'aspect minable qui en comptait trois – c'était un immeuble de rapport – dans le quartier de Verdun, le moins attrayant de Montréal. L'école se trouvait juste au-dessus d'un magasin d'articles orthopédiques. Une grande pièce et un minuscule W.-C., sans verrou, voilà tout ce qui était dévolu aux « Amis des vieux maîtres ». Cependant, dès que je fus à l'intérieur, la pièce me parut merveilleusement présentable. Il y avait à cela une excellente raison. Aux murs de la « salle des professeurs » étaient accrochés de nombreux tableaux encadrés – uniquement des aquarelles –, œuvres de M. Yoshoto. Je rêve encore de temps à autre d'une oie sauvage blanche qui plane dans un ciel bleu extrêmement pâle, avec – il y avait là une audace, une perfection dans l'exécution, une connaissance du métier comme je n'en ai jamais vues – le bleu du ciel, ou plutôt un halo du bleu du ciel qui se reflète sur les ailes de l'oiseau. Le tableau était suspendu derrière le bureau de Mme Yoshoto. Avec deux ou trois autres qui l'approchaient en qualité, il transformait la pièce.

Quand M. Yoshoto et moi entrâmes dans la « salle des professeurs », Mme Yoshoto, dans un joli kimono de soie noir et cerise, balayait le plancher avec un balai à manche court. C'était une femme aux cheveux gris, qui avait certainement une tête de plus que son mari, et dont les traits semblaient plus malais que japonais. Elle s'arrêta de balayer, s'avança vers nous, et M. Yoshoto nous présenta brièvement. Elle me parut en tous points aussi *impénétrable* que lui, sinon plus. M. Yoshoto me proposa ensuite de me montrer ma chambre, qui, m'expliqua-t-il en français, était jusqu'à ces derniers temps celle de son fils, parti travailler dans une ferme en Colombie-Britannique. (Après son long silence dans le bus, je lui étais reconnaissant de prononcer au moins deux mots à la suite et l'écoutais passionnément). Il se lança dans des excuses parce qu'il n'y avait pas de chaise dans la chambre de son fils – seulement des coussins par terre –, mais je m'empressai de le persuader que pour moi, c'était une aubaine. (Je crois même lui avoir dit que j'avais horreur des chaises. J'étais si excité que s'il m'avait annoncé que la chambre de son fils était, jour et nuit, inondée de trente centimètres d'eau, j'aurais probablement poussé un petit gloussement de plaisir. J'aurais probablement répondu que j'avais une étrange maladie des pieds qui m'obligeait à les avoir mouillés huit heures par jour.) Il me conduisit à ma chambre par un escalier de bois qui craquait. Je lui dis en chemin, avec une certaine insistance, que j'étudiais le bouddhisme. Je devais découvrir par la suite que Mme Yoshoto et lui étaient presbytériens.

Tard cette nuit-là, alors que j'étais étendu dans mon lit sans pouvoir dormir, le dîner nippo-malais de

Mme Yoshoto encore *en masse** sur mon estomac, et un ascenseur à la place du sternum, l'un des Yoshoto se mit à gémir dans son sommeil, juste de l'autre côté du mur. C'était un gémissement aigu, fragile, fêlé, qui semblait moins celui d'un adulte que d'un pathétique enfant anormal ou d'un petit animal malingre. (Cette séance se reproduisit chaque nuit. Jamais je ne pus savoir lequel des Yoshoto la donnait, ni à plus forte raison pourquoi.) Quand cela devint trop insupportable à entendre couché, je sortis du lit, mis mes pantoufles et allai m'asseoir dans le noir sur un des poufs. Je restai là pendant deux heures, les jambes croisées, à fumer des cigarettes que j'écrasais contre la semelle de mes pantoufles et dont je mettais les mégots dans la poche de mon pyjama. (Les Yoshoto ne fumaient pas et il n'y avait pas de cendriers dans la maison.) Je m'endormis vers cinq heures du matin.

À six heures et demie, M. Yoshoto frappa à ma porte et m'annonça que le petit déjeuner serait servi à sept heures moins le quart. Il me demanda à travers la porte si j'avais bien dormi et je répondis : « *Oui !** » Je m'habillai (je mis mon costume bleu, que je trouvais convenable pour un professeur le jour de l'ouverture des cours, et une cravate rouge de chez Sulka que ma mère m'avait donnée) puis, sans me laver, je me hâtai de descendre dans la cuisine. Mme Yoshoto, devant le poêle, faisait cuire du poisson. M. Yoshoto, en tricot de corps et pantalon, était assis à table et lisait un journal japonais.

Il me fit un signe de tête de pure forme. Ils me parurent plus *impénétrables* que jamais. On me servit alors un morceau de poisson dans une assiette où il restait une légère mais visible trace de sauce tomate sur le bord. Mme Yoshoto me demanda en anglais – son accent était charmant au-delà de toute attente – si je préférais un œuf, mais je dis : « *Non, non, madame, merci !** » et que je ne prenais jamais d'œufs. M. Yoshoto cala son journal contre mon verre d'eau et nous mangeâmes tous les trois en silence ; plus exactement, ils mangèrent et j'avalai laborieusement en silence.

Après le petit déjeuner, sans quitter la cuisine, M. Yoshoto passa une chemise sans faux-col et Mme Yoshoto enleva son tablier. Puis, nous descendîmes tous les trois à la queue-leu-leu dans la « salle des professeurs ». Là, en désordre, sur le large bureau de M. Yoshoto, s'étalaient une bonne douzaine de grandes enveloppes brunes gonflées et lourdes. Pour moi, elles avaient l'air frais peigné des nouveaux élèves. M. Yoshoto me montra mon bureau, qui se trouvait isolé de l'autre côté de la pièce, et me pria de m'asseoir. Puis, Mme Yoshoto près de lui, il ouvrit quelques enveloppes. Ils me parurent en examiner le contenu selon une certaine méthode, se consultant de temps en temps, en japonais, tandis que je restais là, assis à l'autre bout de la pièce, avec mon costume bleu et ma cravate rouge, essayant de garder un air à la fois dynamique et patient, et de paraître en quelque sorte indispensable à la bonne marche de l'organisation. Je sortis de la poche de mon veston une poignée de crayons à dessin à mine douce que j'avais apportés de New York, et les posai aussi silencieusement que possible sur ma table. À un moment, M. Yoshoto jeta un coup d'œil vers moi, pour une raison ou une autre, et je lui décochai mon sourire le plus excessivement sympathique. Puis, brusquement, sans un mot ni un regard pour moi, ils s'assirent tous deux à leurs bureaux respectifs et se mirent au travail. Il était à peu près sept heures et demie.

Vers neuf heures, M. Yoshoto retira ses lunettes, se leva et vint vers moi à pas feutrés, une liasse de feuilles à la main. J'avais passé une heure et demie à ne faire strictement rien d'autre qu'essayer d'empêcher mon estomac de gargouiller trop fort. Je me levai précipitamment à son approche, me courbant un peu pour ne pas avoir l'air irrespectueusement grand. Il me tendit la liasse et me demanda si je voulais avoir la gentillesse de traduire en anglais les corrections écrites qu'il venait de faire en français. Je répondis : « *Oui, monsieur !** » Il s'inclina légèrement et repartit vers son bureau du même pas feutré. Je poussai ma poignée de crayons à mine douce sur un coin de ma table, sortis mon stylo et, le cœur à moitié brisé, me mis au travail.

Comme beaucoup de très bons artistes, M. Yoshoto n'enseignait pas le dessin mieux que peut le faire un artiste quelconque mais doué pour l'enseignement. À voir son ingénieux système de corrections – des dessins sur calque superposés à ceux des élèves, avec des observations écrites au verso des feuilles –, il était tout à fait capable de montrer à un apprenti peintre raisonnablement doué comment dessiner un porc reconnaissable dans une porcherie reconnaissable, ou même un porc pittoresque dans une porcherie pittoresque. Mais il n'aurait jamais pu, même en y passant sa vie, montrer comment dessiner un beau porc dans une belle porcherie (ce qui, évidemment, était le petit conseil technique que ses meilleurs élèves voulaient le plus âprement qu'on leur envoie par la poste). Ce n'était pas – ai-je besoin de l'ajouter ? – qu'il fût consciemment ou inconsciemment avare de son talent, ou qu'il ne voulût pas en faire profiter autrui, mais simplement, ce n'était pas sa manière de s'exprimer. Pour moi, cette dure vérité n'avait rien pour me surprendre et, par conséquent, ne me surprit pas. Mais elle me fit une impression qui ajoutait à la solitude où je me trouvais, assis comme je l'étais, et, à l'approche du repas de midi, il me fallut redoubler d'attention pour ne pas maculer mes feuilles tant j'avais les mains moites. Comme pour couronner mon oppression, l'écriture de M. Yoshoto était tout juste lisible. En tout cas, quand arriva l'heure du déjeuner, je refusai de me joindre aux Yoshoto en prétextant que je devais aller à la poste. Je dévalai les escaliers et me précipitai dehors, où je me mis à marcher au hasard, à pas rapides, dans un dédale de rues étranges et peu avenantes. Arrivé devant un snack-bar, j'entrai et j'avalai quatre hot dogs et trois tasses d'un café boueux.

En revenant vers « Les Amis des vieux maîtres », je me demandai, d'abord dans un accès de dépression qui m'était familier et que l'expérience m'avait appris plus ou moins à contrôler, ensuite dans une véritable panique, si M. Yoshoto ne m'avait pas utilisé exclusivement comme traducteur, le matin, parce qu'il avait en fait quelque chose à me reprocher *personnellement*. Est-ce que le vieux Fu Manchu avait découvert dès le début, entre autres faux et usages de faux, que je portais la moustache d'un garçon de dix-neuf ans ? Cette éventualité m'était presque insupportable à envisager. C'était également difficile à digérer pour mon sens de la justice. Moi, cet homme qui avait remporté trois premiers prix, ami intime de Picasso (je commençais vraiment à le croire pour de bon), j'étais employé comme traducteur. La punition était sans rapport avec la faute. D'abord, ma moustache, quoi que clairsemée, était bien à moi ; je ne l'avais pas collée. Je la palpai pour me rassurer, en me hâtant vers l'école. Mais plus je réfléchissais à toute cette affaire, plus je pressais le pas, si bien que finalement je galopais presque, comme si je m'attendais à recevoir une volée de pierres.

Je n'avais pris que quarante minutes pour déjeuner, mais les Yoshoto étaient déjà au travail quand je revins. Ils ne levèrent pas la tête et rien ne m'indiqua qu'ils m'eussent entendu entrer. Essoufflé, en sueur, j'allai m'asseoir à mon bureau. Je me tins raide et silencieux pendant les quinze ou vingt minutes suivantes, ruminant toutes sortes de nouvelles petites anecdotes sur Picasso pour le cas où brusquement M. Yoshoto se lèverait et s'approcherait pour me démasquer. Et brusquement, il se leva et s'approcha. Je me dressai pour l'accueillir – de toute ma hauteur si c'était nécessaire – avec une petite histoire de Picasso toute fraîche, mais, à ma grande horreur, le temps qu'il s'approche, j'en avais oublié le dénouement. Je choisis ce moment afin d'exprimer mon admiration pour la peinture de l'oie sauvage en vol accrochée au-dessus de Mme Yoshoto. Je prodiguai mes louanges un long moment. Je dis que je connaissais quelqu'un à Paris – un très riche paralytique, précisai-je – qui paierait n'importe quel prix pour avoir ce tableau. J'ajoutai que je pourrais me mettre immédiatement en rapport avec lui si cela intéressait M. Yoshoto. Par bonheur, toutefois, il répondit que le tableau appartenait à son cousin, qui était parti rendre visite à des parents au Japon. Puis, sans me laisser le temps d'exprimer un regret, il me demanda – en m'appelant M. Daumier-Smith – si je voulais bien avoir l'amabilité de corriger quelques devoirs. Il alla à son bureau, revint avec trois énormes enveloppes gonflées, les posa sur ma table. Ensuite, tandis que je ne cessais de secouer la tête, stupéfié, et de tâter à travers le tissu de mon veston les crayons que j'avais rempochés, M. Yoshoto m'expliqua les méthodes d'enseignement de l'école (ou, plus exactement, son absence de méthodes d'enseignement). Après qu'il eut regagné sa place, il me fallut plusieurs minutes pour retrouver mes esprits.

Les élèves qu'on m'avait confiés écrivaient tous les trois en anglais. Le premier était une ménagère de Toronto âgée de vingt-trois ans, qui disait peindre sous le pseudonyme de Bambi Kramer, et demandait à l'école de lui écrire sous ce nom-là. Les nouveaux élèves des « Amis des vieux maîtres » étaient priés de remplir un questionnaire et d'y joindre une photo d'identité. Miss Kramer avait joint un agrandissement 18×24 sur papier brillant, qui la montrait vêtue d'un bracelet de cheville, d'un maillot de bain sans bretelles et d'un béret de marin blanc. Sur le questionnaire, elle déclarait que ses peintres préférés étaient Rembrandt et Walt Disney, et qu'elle espérait seulement pouvoir un jour les imiter. Ses dessins étaient épinglés, au second rang en quelque sorte, sous la photo. Tous étaient surprenants. L'un d'eux était inoubliable. Ce spécimen inoubliable était une débauche de couleurs à la gouache, accompagnée de la légende : « Pardonnez-leur leurs offenses. » Il représentait trois petits garçons en train de pêcher dans une pièce d'eau d'allure bizarre, le veston de l'un d'eux jeté sur une pancarte « Défense de pêcher ». Le plus grand, au premier plan, avait l'air de faire du rachitisme d'une jambe et de l'éléphantiasis de l'autre. Il était clair que c'était là un effet délibérément voulu par miss Kramer pour montrer que l'enfant était debout, les pieds légèrement écartés.

Mon second élève était un « photographe mondain » de Windsor, Ontario, nommé R. Howard Ridgefield et âgé de cinquante-six ans, qui disait que sa femme lui cassait les pieds depuis des années pour qu'il se mette au business de la peinture. Ses artistes préférés étaient Rembrandt, Sargent et le « Titan », mais il ajoutait avec lucidité que lui-même ne voulait pas se casser la tête à les imiter. Il se disait plus intéressé par le côté satire que par le côté artiste de la peinture. Pour appuyer cette thèse, il soumettait un grand nombre de dessins originaux et de peintures à l'huile. Je me souviens d'une de ses œuvres, celle que je considère comme sa meilleure depuis tout ce temps, du niveau, par exemple, des paroles de « Sweet Sue » ou de « Let Me Call You Sweetheart ». C'était la satire de cette familière tragédie de tous les jours : une chaste jeune fille aux longs cheveux blonds et à la poitrine de vache laitière, assaillie à l'église, dans l'ombre même de l'autel, par son curé. Les vêtements des deux personnages étaient graphiquement en désordre. À la vérité, je fus bien moins frappé par le sens satirique du tableau que par la qualité de l'exécution. Si je n'avais pas su qu'ils habitaient à des centaines de kilomètres l'un de l'autre, j'aurais juré que Ridgefield avait reçu des conseils, purement techniques, de Bambi Kramer.

Sauf en de très rares circonstances, quand j'avais dix-neuf ans, mon sens de l'humour avait, dans les situations critiques, la particularité de subir en premier les atteintes d'une paralysie partielle ou complète. Ridgefield et miss Kramer me firent éprouver toutes sortes de sentiments, mais à aucun moment, ils ne me donnèrent envie de rire. Trois ou quatre fois, pendant que j'explorais leurs enveloppes, je fus tenté de me lever et d'aller protester solennellement auprès de M. Yoshoto. Mais je ne savais pas très bien quelle forme donner à ma protestation. Je pense que je craignais d'aller à son bureau pour simplement lui déballer aussi sec, d'une voix perçante : « Ma mère est morte, je suis obligé de vivre avec son charmant mari, personne à New York ne parle français, *et il n'y a même pas de chaise dans la chambre de votre fils* ! Comment pouvez-vous espérer que j'enseigne le dessin à ces deux cinglés ? » En définitive, entraîné depuis longtemps à tenir mon désespoir en veilleuse, je réussis très facilement à rester assis. J'ouvris l'enveloppe du troisième élève.

Ma troisième élève était une religieuse de l'ordre des sœurs de Saint-Joseph, nommée sœur Irma, qui disait enseigner la cuisine et le dessin à l'école primaire d'un couvent, à la sortie de Toronto. Je ne sais au juste par où commencer pour décrire le contenu de son enveloppe. Je pourrais peut-être mentionner tout d'abord qu'à la place d'une photographie d'elle-même, sœur Irma avait joint, sans explication, un instantané de son couvent. Il me revient aussi qu'elle avait laissé en blanc la ligne du formulaire où l'élève devait inscrire son âge. Pour le reste, son questionnaire était rempli comme peut-être aucun questionnaire dans *ce monde* ne mérite d'être rempli. Elle était née à Détroit, Michigan, et y avait été élevée. Son père était « contrôleur des automobiles Ford ». Ses études se résumaient à une année de lycée. Elle n'avait reçu aucune leçon de dessin. Elle disait que la seule raison pour laquelle elle l'enseignait, c'est que sœur Quelque Chose était morte et que le père Zimmermann (un nom qui me frappa particulièrement, parce que c'était celui du dentiste qui m'avait arraché huit dents), le père Zimmerman, dis-je, l'avait choisie pour la remplacer. Elle écrivait qu'elle avait « trente-quatre petits poussins dans sa classe de cuisine et dix-huit petits poussins dans sa classe de dessin ». Son passe-temps favori était d'aimer son Seigneur et la parole de son Seigneur, et aussi de « ramasser les feuilles, mais seulement quand elles sont par terre ». Son peintre préféré était Douglas Bunting (un nom, je n'ai pas honte de le dire, que j'ai traqué dans plus d'un cul-de-sac, au fil des années). Elle ajoutait que ses petits poussins aimaient « dessiner des gens en train de courir et c'est justement ce que je fais le plus mal », qu'elle était décidée à travailler dur pour apprendre à mieux dessiner et qu'elle espérait qu'on serait patient avec elle.

Il n'y avait, en tout, que six exemples de son travail dans l'enveloppe. (Aucune de ses œuvres n'était signée, fait d'importance assez secondaire, mais qui, sur le moment, me parut démesurément rafraîchissant. Toutes celles de Bambi Kramer et de Ridgefield étaient signées ou, ce qui me semblait plus irritant encore, marquées de leurs initiales.) Treize ans après, non seulement je me rappelle nettement les six peintures de sœur Irma, mais il me semble même quelquefois me rappeler quatre d'entre elles un peu trop nettement pour la tranquillité de mon esprit. Sa meilleure était une aquarelle sur papier kraft. (Le papier kraft, particulièrement le papier d'emballage, est très agréable, très doux pour peindre. Plus d'un artiste expérimenté l'a utilisé quand il n'avait pas l'intention de faire quelque chose d'important ou de grandiose.) Malgré sa taille restreinte (à peu près vingt centimètres sur vingt-cinq), cette aquarelle décrivait dans les moindres détails le transport du Christ au Saint-Sépulcre, dans le jardin de Joseph d'Arimathie. Au premier plan, à l'extrême droite, deux hommes, les serviteurs de Joseph, semblait-il, portaient maladroitement le Christ. Joseph d'Arimathie suivait, peut-être un brin trop droit, vu les circonstances. À distance respectueuse, derrière lui, venaient les femmes de Galilée mêlées à une foule bigarrée, un peu anarchique, de pleureuses, de badauds, d'enfants, et pas moins de trois corniauds qui gambadaient avec impiété. À mon sens, la principale figure de ce tableau était une femme, de *face*, au premier plan à gauche. La main droite levée au-dessus de la tête, elle faisait des signes pressants à quelqu'un – son enfant, peut-être, ou son mari, ou celui qui regardait le tableau – pour qu'il laisse tout tomber et vienne vite. Deux des femmes, au premier rang de la foule, portaient des auréoles. Sans Bible sous la main, il m'était difficile de deviner leur identité. Mais je reconnus tout de suite Marie Madeleine. Tout au moins, j'étais certain de l'avoir reconnue. Elle était au centre, au premier plan, et marchait apparemment sans s'occuper de la foule, les bras ballants. Elle ne portait aucun signe de deuil – en fait, il n'y avait en elle absolument rien qui pût rappeler ses récentes et enviables relations avec le Défunt. Son visage, comme tous les autres visages du tableau, était peint avec une couleur chair toute prête, bon marché. Il était regrettablement évident que sœur Irma n'avait pas été satisfaite de la teinte obtenue et qu'elle avait essayé du mieux qu'elle pouvait de l'atténuer un peu. Il n'y avait pas d'autres défauts sérieux dans le tableau. À moins, bien sûr, de vouloir ergoter. C'était, pour conclure, une œuvre d'artiste, qui avait demandé un talent très, très discipliné, et Dieu sait combien d'heures de dur travail.

Une de mes premières réactions fut, évidemment, de me précipiter vers M. Yoshoto avec l'enveloppe de sœur Irma. Mais, une fois de plus, je restai assis. Je ne voulais pas courir le risque de me la voir retirée. Finalement, je refermai soigneusement l'enveloppe et la posai sur un coin de mon bureau, tout excité à l'idée de travailler dessus la nuit suivante, sur mon temps libre. Puis, avec une patience que je n'aurais jamais cru posséder, presque volontiers même, je passai le reste de l'après-midi à corriger des nus d'hommes et de femmes (*sans* organe sexuel) que R. Howard Ridgefield avait dessinés avec une obscénité de bon ton.

À l'heure du dîner, je défis trois boutons de ma chemise et fourrai l'enveloppe de sœur Irma là où ni les voleurs, ni, pour plus de sûreté, les Yoshoto ne pourraient aller voir.

Un rite tacite mais inflexible présidait à tous les repas du soir chez « Les Amis des vieux maîtres ». Mme Yoshoto se levait promptement de son bureau à cinq heures et demie précises et montait préparer le dîner. M. Yoshoto et moi suivions l'un derrière l'autre à six heures tapantes. Il n'y avait pas de détours, ne fussent-ils qu'hygiéniques. Ce soir-là, pourtant, l'enveloppe de sœur Irma bien au chaud contre ma poitrine, je ne m'étais jamais senti si détendu. En fait, tout au long du dîner, je me montrai on ne peut plus à l'aise. Je racontai une excellente petite histoire sur Picasso, qui venait juste de me traverser l'esprit, une histoire que j'aurais pu mettre de côté pour un jour de pluie. M. Yoshoto abaissa à peine son journal japonais pour l'écouter, mais Mme Yoshoto sembla plus accessible, ou pour mieux dire, moins inaccessible. En tout cas, quand j'eus fini, elle m'adressa la parole pour la première fois depuis le matin, lorsqu'elle avait demandé si je souhaitais un œuf. Elle voulait savoir s'il était bien sûr que je ne désirais pas une chaise dans ma chambre. Je répondis vivement : « *Non, non, merci madame** », et que la façon dont les coussins étaient alignés contre le mur me donnait une bonne occasion de m'entraîner à me tenir le dos droit. Je me levai pour lui montrer combien j'étais voûté.

Après dîner, tandis que les Yoshoto discutaient, en japonais, de quelque mystérieux sujet de désaccord, je les priai de m'excuser. M. Yoshoto me regarda avec l'air de se demander ce que je faisais dans sa cuisine, mais il acquiesça et je pris rapidement le couloir qui menait à ma chambre. Dès que j'eus allumé le plafonnier et fermé la porte derrière moi, je sortis mes crayons à dessin de ma poche, retirai ma veste, déboutonnai ma chemise, et m'assis sur un coussin, l'enveloppe de sœur Irma dans les mains. Jusqu'à plus de quatre heures du matin, tout ce dont j'avais besoin dispersé par terre autour de moi, je m'appliquai à satisfaire ce que je pensais être les besoins artistiques les plus immédiats de sœur Irma.

Je dessinai tout d'abord dix ou douze esquisses au crayon. Plutôt que de descendre chercher du papier à dessin dans la salle des professeurs, je crayonnai les esquisses sur mon bloc personnel, en utilisant les deux côtés des pages. Quand ce fut fait, j'écrivis une longue, interminable lettre.

Toute ma vie, j'ai conservé les choses comme une pie exceptionnellement maniaque, et j'ai encore l'avant-dernier brouillon de la lettre que j'écrivis à sœur Irma, cette nuit de juin 1939. Je pourrais la retranscrire entièrement ici, mot pour mot, mais ce n'est pas nécessaire. Dans les trois quarts de mon interminable lettre – et je dis bien interminable – je m'employai à lui expliquer où et comment, dans son tableau principal, elle avait eu de petits ennuis, particulièrement avec les couleurs. Je dressai la liste de quelques accessoires de peintre qui, selon moi, lui étaient indispensables, et j'ajoutai les prix approximatifs. Je lui demandai qui était Douglas Bunting et où je pourrais voir quelques-unes de ses œuvres. Je lui demandai (et je savais combien c'était peu probable) si elle avait jamais vu des reproductions des peintures d'Antonello de Messine. Je lui demandai de bien vouloir me dire son âge et lui assurai, dans un déluge de phrases, que si elle me le disait, cela resterait entre nous. Je lui expliquai que la seule raison pour laquelle je lui demandais son âge, c'est que cela m'aiderait à l'instruire de manière plus efficace. Sans reprendre mon souffle, je lui demandai si elle était autorisée à recevoir des visites au couvent.

Les dernières lignes (ou décimètres cubes) de ma lettre doivent, je pense, être reproduites ici – syntaxe, ponctuation, et tout :

… Si, par hasard, vous maîtrisez le français, je vous serais reconnaissant de me le faire savoir, car je peux m'exprimer très clairement dans cette langue, ayant passé la plus grande partie de ma jeunesse à Paris, France.

Puisque vous êtes de toute évidence préoccupée par la représentation de personnages en train de courir afin de pouvoir enseigner cette technique à vos élèves du couvent, je joins à cette lettre quelques esquisses que j'ai faites moi-même et qui pourraient vous être utiles. Vous verrez que je les ai dessinées très rapidement et qu'elles ne sont pas absolument parfaites, ni même des modèles recommandables, mais je crois qu'elles vous montreront les rudiments de ce qui vous intéresse. Malheureusement, j'en ai bien peur, le directeur de cette école n'a pas de méthode précise d'enseignement. Je suis ravi de voir que vous êtes déjà si avancée, mais je n'ai aucune idée de ce qu'il veut que je fasse de mes autres élèves, qui sont, de mon point de vue, très en retard, et avant tout des imbéciles.

Malheureusement, je suis libre penseur ; j'admire cependant beaucoup saint François d'Assise – de loin, cela va sans dire. Je me demande si par hasard vous avez connaissance de ce qu'il a déclaré (saint François d'Assise) au moment où l'on s'apprêtait à cautériser une de ses prunelles au fer rouge ? Il a dit ce qui suit : « Mon Frère le Feu, Dieu t'a fait beau et fort et utile. Je te prie d'avoir merci de moi. » Vous peignez un peu comme il parlait, par bien des points qui sont à mon avis très plaisants. Au fait, puis-je vous demander si la jeune personne en bleu, au premier plan, est bien Marie Madeleine ? Je fais référence au tableau dont nous venons de parler, bien sûr. Si ce n'est pas elle, je me suis cruellement trompé. Ce ne serait pas la première fois.

Je souhaite que vous me considériez comme étant à votre entière disposition aussi longtemps que vous serez une élève des « Amis des vieux maîtres ». Sincèrement, je pense que vous avez beaucoup de talent et je ne serais pas surpris le moins du monde si avant longtemps vous vous révéliez un génie. Croyez bien que je ne vous donnerais pas de faux encouragements à ce sujet. C'est une des raisons qui me font vous demander si la jeune personne en robe bleue, au premier plan, est bien Marie Madeleine, parce que si c'est bien elle, vous avez plus donné, j'en ai peur, libre cours à votre génie naissant qu'à vos inclinaisons religieuses. De toute façon, à mon avis, il n'y aurait pas de quoi s'inquiéter.

Avec l'espoir sincère que vous êtes en excellente santé, je demeure très respectueusement vôtre.

(signé)
JEAN DE DAUMIER-SMITH
professeur
« Les Amis des vieux maîtres ».

P.-S. J'ai failli oublier de vous dire que les élèves doivent soumettre leurs envois à l'école un lundi sur deux. Pour le prochain, voudriez-vous avoir l'amabilité de me faire des dessins d'extérieurs ? Faites-les librement et ne vous forcez pas. Je ne sais pas, bien sûr, combien de temps on vous laisse au couvent pour vos dessins personnels et je souhaiterais que vous me le disiez. Je vous prie également d'acheter les accessoires indispensables que j'ai pris la liberté de vous conseiller, car j'aimerais que vous commenciez dès que pos-

sible à peindre à l'huile. Pardonnez-moi l'expression, mais je crois que vous êtes trop passionnée pour peindre indéfiniment des aquarelles et jamais des toiles. Je parle tout à fait objectivement et ne voudrais surtout pas être désagréable ; il s'agit ici d'un compliment. Envoyez-moi aussi, je vous prie, toutes *vos anciennes œuvres que vous avez sous la main, car je brûle de les connaître. Les journées vont me paraître insupportables jusqu'à ce qu'arrivent vos prochaines enveloppes, cela va sans dire.*

Si ce n'est pas être trop indiscret, je vous serais très reconnaissant de me dire si être religieuse vous satisfait pleinement, sur le plan spirituel bien entendu. En vérité, j'ai étudié pour m'amuser pas mal de religions, puisque j'ai lu les volumes 36, 44 et 45 des Classiques Harvard, *que vous connaissez peut-être. J'ai été particulièrement emballé par Martin Luther, qui était protestant bien sûr. Je vous en prie, ne voyez là aucune offense. Je ne préconise aucune doctrine, ce n'est pas dans ma nature. Enfin, j'y pense, n'oubliez pas de m'indiquer vos heures de visite, car mes week-ends sont libres autant que je sache, et il se peut que je passe aux environs de chez vous un samedi, à l'occasion. N'oubliez pas non plus de me dire si vous parlez assez correctement le français, car à tous points de vue, je suis en comparaison dépourvu de tout vocabulaire en anglais, en raison de mon éducation variée et fort incohérente.*

Je sortis dans la rue vers quatre heures du matin pour poster ma lettre et mes dessins. Puis, littéralement ivre de joie, je me déshabillai, les doigts raides, et m'affalai sur mon lit.

Juste avant que je m'endorme, le gémissement retentit à nouveau à travers les cloisons de la chambre des Yoshoto. Je les imaginai venant me trouver le lendemain matin et me demandant, me suppliant d'écouter jusqu'au plus horrible détail leur mystérieux secret. Je voyais exactement comment cela se passerait. Je serais assis entre eux à la table de la cuisine et j'écouterais, j'écouterais, j'écouterais, la tête entre les mains, jusqu'à ce qu'enfin, incapable d'en supporter davantage, je plonge la main dans la gorge de Mme Yoshoto, pour prendre son cœur entre mes doigts et le réchauffer comme un oiseau. Et puis, quand tout serait remis en ordre, je montrerais aux Yoshoto les œuvres de sœur Irma, et ils partageraient ma joie.

L'évidence apparaît toujours trop tard, mais la plus singulière différence entre le bonheur et la joie, c'est que le bonheur est un solide alors que la joie est un liquide. La mienne commença à filtrer de son récipient dès le lendemain matin, quand M. Yoshoto laissa tomber sur mon bureau les enveloppes de deux nouveaux élèves. Je travaillais, à ce moment, sur les dessins de Bambi Kramer, assez détendu puisque je savais que ma lettre à sœur Irma était en sûreté à la poste. Mais je n'étais absolument pas préparé à faire face à cette éventualité fantastique qu'il puisse y avoir sur terre deux personnes encore moins douées pour le dessin que Bambi Kramer ou R. Howard Ridgefield. Sentant toute vertu m'abandonner, j'allumai une cigarette dans la salle des professeurs pour la première fois depuis que je faisais partie du personnel. Cela me fit un peu de bien et je revins aux devoirs de Bambi. Mais avant que j'eusse tiré plus de trois ou quatre bouffées, je sentis, sans avoir à lever la tête, que M. Yoshoto me regardait. Puis, ce qui confirma mon intuition, j'entendis qu'il repoussait sa chaise. Comme d'habitude, je me levai à son approche. Il m'expliqua en un murmure affreusement irritant qu'il ne voyait personnellement aucune objection à ce que je fume, mais que, hélas, le règlement de l'école interdisait qu'on fume dans la salle des professeurs. Il coupa mon torrent d'excuses d'un geste magnanime de la main et retourna dans le coin de la pièce qu'il partageait avec Mme Yoshoto. Je me demandai, pris d'une réelle panique, comment je ferais pour tenir, sans devenir fou, pendant les treize prochains jours, jusqu'à ce lundi où sœur Irma devait nous faire parvenir son enveloppe.

On était mardi matin. Je passai le reste de mes heures de travail ce jour-là, et les deux jours entiers qui suivirent, à me tenir fiévreusement occupé. Je démantelai tous les dessins de Bambi Kramer et de R. Howard Ridgefield, et les remontai avec des éléments flambant neufs. J'établis pour chacun d'eux des dizaines d'exercices de dessin, vexatoires, sous-élémentaires mais très constructifs. Je leur écrivis de longues lettres. Je suppliai, ou presque,

R. Howard Ridgefield d'abandonner ses satires pendant un moment. Je demandai à Bambi, avec le maximum de ménagements, de nous faire la grâce de ne plus nous envoyer, pendant quelque temps, des dessins accompagnés de légendes du genre : « Pardonnez-leur leurs offenses. » Puis, le jeudi après-midi, me sentant en pleine forme, je m'attaquai à l'un des deux nouveaux élèves, un Américain de Bangor, dans le Maine, qui disait dans son questionnaire, avec l'intégrité verbeuse du « gars foncièrement franc », qu'il était son propre peintre préféré. Il parlait de lui comme d'un réaliste abstrait. Après mes heures de classe, le mardi soir, je pris le bus qui menait dans le centre de Montréal et m'assis dans une salle de troisième ordre, devant un festival de dessins animés, ce qui m'amena à voir toute une procession de chats bombardés au bouchon de champagne par des bandes de souris. Le mercredi soir, je rassemblai les coussins de ma chambre, les empilai par trois, et essayai de dessiner de mémoire la mise au tombeau de sœur Irma.

J'ai envie de dire que le jeudi soir fut bizarre, sinon macabre, mais le fait est que je ne trouve pas de qualificatif convenable pour ce soir-là. Je quittai « Les Amis des vieux maîtres » après dîner et sortis pour aller je ne sais où, peut-être au cinéma, peut-être simplement faire une promenade ; je ne me souviens plus, et, pour une fois, mon journal de 1939 me laisse tomber, lui aussi, car la page dont j'aurais besoin est totalement blanche.

Je sais, par contre, pourquoi la page est blanche. En revenant de l'endroit, quel qu'il soit, où j'avais passé la soirée – et je me rappelle très bien qu'il faisait nuit –, je m'arrêtai sur le trottoir de l'école et jetai un coup d'œil sur la vitrine éclairée de la boutique d'accessoires orthopédiques. Il se produisit alors quelque chose d'absolument horrible. Je fus assailli par l'idée que peu importait que j'apprenne un jour à vivre ma vie avec indifférence, bon sens ou agrément, je ne serais jamais, au mieux, qu'un visiteur dans un jardin d'urinoirs et de bidets émaillés où se tiendrait un mannequin de bois sans regard, debout et portant un bandage herniaire en réclame. Je n'aurais certainement pu supporter cette pensée plus de quelques secondes. Je me rappelle m'être rué dans ma chambre quatre à quatre, m'être déshabillé et mis au lit, sans ouvrir mon journal ni, encore moins, y écrire une seule ligne.

Je restai éveillé des heures, à frissonner. J'écoutais le gémissement dans la pièce voisine et me forçai à penser à mon élève favorite. J'essayais d'imaginer le jour où je lui rendrais visite au couvent. Je voyais venir à ma rencontre – devant une haute grille de fer forgé – une belle et timide jeune fille de dix-huit ans qui n'avait pas encore prononcé ses vœux définitifs et qui était encore libre de retourner au monde avec le Pierre Abélard de son choix. Je nous voyais marcher à pas lents, silencieux, dans le parc du couvent, vers un lieu solitaire et verdoyant où soudain, chastement, je passerais mon bras autour de sa taille. L'image était trop délicieuse pour rester fixe et, finalement, je la laissai s'évanouir et m'endormis.

Je passai toute la matinée du vendredi et la majeure partie de l'après-midi à travailler comme un forcené pour transformer sur calque en arbres reconnaissables la forêt de symboles phalliques que l'homme de Bangor, dans le Maine, avait dessinée avec application sur un coûteux papier vélin. Mentalement, spirituellement et physiquement, je fus envahi, vers quatre heures et demie, d'une grande torpeur, et je ne me levai qu'à moitié de ma chaise quand M. Yoshoto vint me rejoindre un instant. Il me tendit quelque chose, d'un geste aussi impersonnel que celui d'un serveur moyen qui vous tend le menu. C'était une lettre de la mère supérieure du couvent de sœur Irma informant M. Yoshoto que le père Zimmermann, à la suite de circonstances indépendantes de sa volonté, se voyait obligé de revenir sur l'autorisation donnée à sœur Irma de prendre des cours à l'école « Les Amis des vieux maîtres ». La mère supérieure disait qu'elle regrettait vivement les désagréments ou les dérangements que cette décision pourrait occasionner à l'école. Elle espérait toutefois sincèrement que le premier versement pour les leçons, d'un montant de quatorze dollars, pourrait être remboursé au diocèse.

La souris qui sort en clopinant de la roue, j'en suis persuadé depuis toujours, retourne vers son trou avec un nouveau et machiavélique plan pour tuer le chat. Après avoir lu, relu et contemplé pendant de longues minutes la lettre de la mère supérieure, je m'en détournai brusquement et me mis à écrire aux quatre élèves qui me restaient pour leur conseiller d'abandonner l'idée de devenir peintre. Je déclarai à chacun qu'ils n'avaient absolument aucun talent qui valût la peine d'être travaillé, qu'ils perdaient leur temps et faisaient perdre le sien à l'école. J'écrivis les quatre lettres en français. Quand j'eus fini, je sortis immédiatement les poster. Ma satisfaction fut de courte durée, mais le temps qu'elle dura, elle fut très, très vive.

Quand vint l'heure de me joindre à la procession vers la cuisine pour dîner, je demandai à être excusé. Je dis que je ne me sentais pas bien. (Je mentais, en 1939, avec beaucoup plus de conviction que je ne disais la vérité – aussi je fus persuadé que M. Yoshoto ne me croyait pas quand je dis que je ne me sentais pas bien.) Je remontai dans ma chambre et m'assis sur un coussin. Je restai assis une heure durant, l'œil fixé sur un trou du volet qui laissait filtrer le jour, sans fumer, sans enlever ma veste ni desserrer ma cravate. Puis, soudain, je me levai, pris du papier, m'allongeai par terre et écrivis une seconde lettre à sœur Irma.

Je n'ai jamais posté la lettre. La reproduction qui suit est la copie intégrale de l'originale.

Montréal, Canada
28 juin 1939.

Chère sœur Irma,

Ai-je, par hasard, écrit quoi que ce soit dans ma dernière lettre qui ait pu paraître déplacé ou irrévérencieux aux yeux du père Zimmermann et qui vous ait causé des ennuis d'une façon ou d'une autre ? Si c'est le cas, je vous supplie de m'accorder une chance de rétracter tout ce que je peux avoir dit sans le vouloir, dans mon ardent désir d'établir entre nous l'amitié d'un professeur pour son élève. Est-ce trop demander ? Je ne le pense pas.

La vérité nue est la suivante : si vous n'étudiez pas plus avant les rudiments du métier, vous ne serez jamais qu'une artiste très, très intéressante, pendant le reste de votre vie, au lieu d'être une grande artiste. À mon avis, ce serait terrible. Vous rendez-vous compte combien la situation est grave ?

Il est possible que le père Zimmermann vous ait fait résilier votre inscription à l'école parce qu'elle était incompatible avec votre vocation de religieuse. Si c'est le cas, je ne peux m'empêcher de dire qu'à mon avis, c'est très inconsidéré de sa part sur bien des points. Cela n'est pas incompatible avec votre vocation de religieuse. Je vis moi-même comme un mauvais moine. Le pis que l'état d'artiste puisse vous faire serait de vous rendre constamment un tantinet malheureuse. Mais ça n'a rien de tragique, selon moi. J'ai connu le jour le plus heureux de ma vie, il y a de ça des années, quand j'avais dix-sept ans. J'allais déjeuner avec ma mère, qui sortait pour la première fois après une longue maladie, et je me sentais merveilleusement heureux lorsque brusquement, en arrivant dans l'avenue Victor-Hugo (c'est une rue de Paris), je me suis cogné à un type qui n'avait pas de nez. Je vous demande de réfléchir à cela, et même je vous en prie. C'est gonflé de signification.

Il est possible aussi que le père Zimmermann vous ait fait résilier votre inscription parce que votre couvent, peut-être, manque de fonds pour payer les cours. J'espère sincèrement que c'est le cas, non seulement parce que cela soulagerait ma conscience, mais aussi parce qu'il y aurait une solution pratique. Si c'est en effet la raison, vous n'avez qu'un mot à dire et je vous offrirai gratuitement mes services pendant tout le temps que vous voudrez. Pourrions-nous discuter plus avant de ce sujet ? Puis-je vous demander encore quels sont vos jours de visite au couvent ? Puis-je prendre la liberté d'envisager de venir vous voir au couvent samedi prochain, 6 juillet, dans l'après-midi, entre trois et cinq heures, selon l'horaire des trains de Montréal à Toronto ? J'attends votre réponse avec une grande anxiété.

Avec respect et admiration.

Sincèrement vôtre,
JEAN DE DAUMIER-SMITH
professeur
« Les Amis des vieux maîtres ».

P.-S. Dans ma dernière lettre, je vous demandais incidemment si la jeune femme en robe bleue, au premier plan de votre tableau religieux, était bien Marie Madeleine, la pécheresse. Si vous n'avez pas encore répondu à ma lettre, je vous en prie, continuez à ne pas le faire. Il est possible que je me sois trompé et je n'ai pas envie de m'attirer une désillusion de plus, dans l'état où je suis. Je souhaite rester dans l'ignorance.

Encore aujourd'hui, malgré les années, je réprime mal un tressaillement en me rappelant avoir emporté un smoking à l'école « Les Amis des vieux maîtres ». Mais j'en avais bel et bien emporté un et, après avoir fini ma lettre à sœur Irma, je l'ai passé. Toute cette affaire semblait mériter une bonne cuite, et comme jamais de ma vie je ne m'étais enivré (de peur que l'alcool ne fasse trembler la main qui avait peint les tableaux qui avaient reçu les trois premiers prix, etc.), je me sentis obligé de m'habiller en cette occasion tragique.

Alors que les Yoshoto étaient encore dans la cuisine, je me glissai en bas et téléphonai à l'hôtel Windsor, que Mrs X, l'amie de Bobby, m'avait recommandé avant que je quitte New York. Je réservai une table d'une personne pour huit heures.

Vers sept heures et demie, habillé et rasé de frais, je passai la tête hors de ma chambre pour m'assurer qu'un Yoshoto ne rôdait pas dans le couloir. Je ne voulais à aucun prix qu'ils me voient en smoking. Ils n'étaient en vue ni l'un ni l'autre et je me précipitai dans la rue. Je me mis en quête d'un taxi. J'avais dans la poche de mon veston ma lettre à sœur Irma. J'avais l'intention de la relire pendant le dîner, de préférence à la lumière des chandelles.

Je passai les pâtés de maisons les uns après les autres sans voir un seul taxi, encore moins un taxi libre. Ce fut une marche pénible. Le quartier Verdun à Montréal n'était pas du tout le genre de quartier où l'on s'habille, et j'avais l'impression que tous les passants se retournaient sur moi avec un regard désapprobateur. Quand, en fin de compte, j'arrivai devant le snack où j'avais commandé des hot dogs le lundi précédent, je décidai de faire une croix sur ma réservation à l'hôtel Windsor. J'entrai dans le snack, m'assis au fond dans un compartiment à banquettes, et gardai ma main gauche sur ma cravate noire en commandant un potage, des sandwiches et du café noir. J'espérais que les autres clients me prendraient pour un garçon de bar en route pour son travail.

En avalant ma seconde tasse de café, je sortis la lettre à sœur Irma que je n'avais pas postée et la relus. La substance m'en parut un peu mince, et je décidai de retourner en vitesse chez « Les Amis » pour l'étoffer un peu. Je mis également au point le plan de ma visite à sœur Irma, et me demandai si ce ne serait pas une bonne idée de réserver ma place dans le train le soir même. Ces deux décisions à l'esprit – ni l'une ni l'autre ne m'apportant vraiment le soulagement dont j'avais besoin –, je quittai le snack et me dirigeai à grands pas vers l'école.

Quelque chose d'extrêmement insolite m'arriva quinze minutes plus tard. Une aventure qui, j'en ai conscience, présente toutes les allures déplaisantes du fabriqué mais qui, pourtant, est vraie. Je vais faire allusion à une expérience extraordinaire, une expérience qui me frappe encore comme une vision surnaturelle mais que j'aimerais, si possible, ne pas avoir l'air de prendre pour un cas miraculeux ou même aux limites du miracle. (Agir autrement, me semble-t-il, équivaudrait à suggérer, ou même affirmer, que la différence entre les apparitions de saint François et celles du vulgaire baiseur de lépreux du dimanche un peu exalté n'est qu'une affaire de degré.)

Dans le crépuscule de neuf heures, alors que j'approchais de l'immeuble de l'école sur le trottoir d'en face, je vis de la lumière dans le magasin d'articles orthopédiques. J'eus la surprise de voir qu'il y avait aussi une personne vivante dans la vitrine, une fille solide, d'environ trente ans, dans une robe imprimée vert, jaune et bleu lavande. Elle changeait le bandage herniaire du mannequin. Au moment où j'arrivais devant la vitrine, elle venait juste de retirer l'ancien. Elle l'avait sous le bras gauche (son profil droit était de mon côté) et elle posait le nouveau sur le mannequin. Je restai debout, à la regarder, fasciné, lorsque soudain elle sentit, puis vit qu'on l'observait. Je lui souris aussitôt – pour lui montrer qu'elle n'avait pas en face d'elle quelqu'un d'hostile, en smoking, dans le crépuscule, de l'autre côté de la vitre –, mais cela n'arrangea rien. L'émotion de la jeune femme fut totalement disproportionnée.

Elle rougit, laissa tomber le vieux bandage, marcha en reculant sur une pile de bassins pour irrigation et perdit l'équilibre. Je tendis instinctivement la main pour la retenir, et le bout de mes doigts heurta la vitre. Elle atterrit lourdement sur le derrière, comme une patineuse. Elle se remit immédiatement sur pied, sans me regarder. Puis, le visage toujours empourpré, elle rejeta d'une main ses cheveux en arrière, et finit de lacer le bandage sur le mannequin. Ce fut à ce moment précis que j'eus mon Expérience. Brusquement (et je parle, je crois, avec toute la lucidité voulue), le soleil s'éleva et vint frapper l'arête de mon nez à la vitesse de 93 millions de miles-seconde. Aveuglé et pris d'effroi, je dus mettre la main sur la vitre pour garder l'équilibre. La chose ne dura guère qu'un instant. Quand je recouvrai la vue, la fille avait disparu de la vitrine, laissant derrière elle un champ miroitant d'exquises fleurs d'émail.

Je m'éloignai et fis deux fois le tour du pâté de maisons, jusqu'à ce que mes genoux cessent de trembler. Puis, sans avoir le courage de risquer un autre regard dans la vitrine du magasin, je montai dans ma chambre et m'allongeai sur mon lit. Quelques minutes, ou quelques heures, plus tard, je portai, en français, cette inscription dans mon journal : *Je donne à sœur Irma la liberté de suivre son propre destin. Tout le monde est une nonne.*

Avant de me coucher pour la nuit, j'écrivis des lettres à chacun des quatre élèves que je venais de renvoyer pour les réintégrer. Je dis qu'une erreur avait été commise au département administratif. En fait, les lettres semblaient s'écrire toutes seules. Cela avait peut-être un rapport avec le fait qu'avant de m'asseoir pour écrire, j'étais allé prendre une chaise en bas.

On trouvera peut-être que c'est rompre le charme de le dire, mais « Les Amis des vieux maîtres » fermèrent boutique moins d'une semaine plus tard. Leur patente n'était pas en règle (à vrai dire, ils n'avaient pas de patente du tout). Je fis mes valises et rejoignis Bobby, mon beau-père, à Rhode Island, où je passai les six ou huit semaines suivantes, en attendant la réouverture de l'école d'art, à étudier le plus intéressant de tous les animaux d'été : la Fille américaine en short.

À tort ou à raison, je n'écrivis plus jamais à sœur Irma.

En revanche, je reçois encore de temps à autre des nouvelles de Bambi Kramer. La dernière fois que j'en ai eu, elle s'était mis dans la tête de peindre elle-même ses cartes de Noël. Ça devrait valoir le coup d'œil, si elle n'a pas perdu la main.

Teddy

— Je vais t'en foutre, une journée splendide, mon coco, si tu ne descends pas de ce sac tout de suite ! Et je ne plaisante pas ! dit Mr McArdle.

Il parlait depuis l'un des lits jumeaux, celui qui était le plus éloigné du hublot. Avec un soupir plaintif, il repoussa rageusement du pied le drap du dessus et dégagea ses chevilles, comme si la moindre couverture était soudain insupportable à son corps maigrichon, brûlé par le soleil. Couché sur le dos, il n'avait sur lui que le pantalon de son pyjama, et tenait dans la main droite une cigarette allumée. Sa tête reposait en porte-à-faux, par un besoin quasi masochiste, à même le bois du lit. Son oreiller et son cendrier étaient par terre, entre son lit et celui de Mrs McArdle. Sans se redresser, il tendit son bras droit nu, rouge d'inflammation, et secoua ses cendres plus ou moins en direction de la table de nuit.

— Octobre, Dieu du ciel ! Si c'est un temps d'octobre, qu'on me rende le mois d'août.

Il tourna de nouveau la tête vers Teddy, cherchant la chicane.

— Alors ? Pourquoi diable crois-tu que je parle ? Pour me faire la voix ? *Descends* de là, tu veux !

Teddy était monté sur un Gladstone en cuir de vache flambant neuf pour mieux voir par le hublot de la cabine de ses parents. Il portait des chaussures de basket blanches, extrêmement sales, sans chaussettes, un short qui était à la fois trop long pour lui et trop large au derrière, un maillot en coton lavé à la va-vite dont l'épaule droite s'ornait d'un trou gros comme une pièce de cent sous et, inattendue, superbe, une ceinture de croco noir. Il avait besoin d'une coupe de cheveux, surtout au niveau de la nuque – comme en ont parfois affreusement besoin les petits garçons à la tête trop grosse et au cou de roseau.

— Teddy, tu m'as entendu ?

Teddy ne se penchait pas hors du hublot aussi dangereusement que les petits enfants sont en général doués pour le faire. En fait, ses deux pieds étaient posés à plat sur le sac de voyage – mais il n'en avait pas pour autant une position très sûre : sa tête était nettement plus à l'extérieur qu'à l'intérieur de la cabine. Il pouvait cependant très bien entendre la voix de son père – la voix de son père pour lui tout seul, pour une fois. Mr McArdle, en effet, était l'acteur principal de pas moins de trois feuilletons radiophoniques quotidiens quand il était à New York. Il possédait ce qu'on pourrait appeler une voix de troisième catégorie : profonde et sonore, empreinte de narcissisme, entraînée à faire passer en un instant pour une femmelette quiconque se trouvait dans la même pièce, fût-ce un petit garçon. Quand elle n'était pas de service, elle épousait, au choix, un registre plus sonore ou une pointe théâtrale de nonchalance étudiée. À ce moment même, le volume sonore était en piste.

— *Teddy* ! Nom de Dieu, tu m'entends ?

Sans changer la position prudente de ses pieds, Teddy tourna le buste et lança vers son père un regard empli d'une interrogation candide. Ses yeux, brun clair et tout petits, convergeaient légèrement, l'œil gauche plus nettement que le droit. Il ne louchait pas au point d'être défiguré, ni même de se faire remarquer. Il louchait juste assez pour qu'on s'en aperçoive après avoir longuement et sérieusement réfléchi au fait qu'on eût aimé ses yeux plus profonds, plus bruns ou plus écartés. Son visage, tel qu'il se présentait, frappait par une beauté encore mal éclose, mais réelle.

— Je t'ordonne de descendre tout de suite de ce sac. Combien de fois faut-il te le répéter ? reprit Mr McArdle.

— Reste où tu es, mon chéri, dit Mrs McArdle.

Elle avait de toute évidence des ennuis avec ses sinus le matin de bonne heure, et ses yeux n'étaient qu'à demi ouverts.

— Ne bouge pas d'un millimètre.

Elle était couchée sur le côté droit, le dos tourné à son mari, et le visage dressé sur l'oreiller pour voir Teddy devant le hublot. Son drap était tendu sur son corps probablement nu, recouvrant ses bras jusqu'au menton.

— Saute dessus, dit-elle en fermant les yeux. Écrase le sac de papa !

— Ah, c'est rudement malin, dit Mr McArdle de sa voix super-nonchalante en regardant le dos de sa femme. Je paie un sac vingt-deux livres, je demande poliment au petit de descendre, et toi, tu lui dis de sauter dessus. Qu'est-ce que c'est censé être, exactement ? Marrant ?

— Si ce sac n'est pas assez solide pour supporter un gosse de dix ans qui pèse six kilos de moins que son âge, je n'en veux pas dans ma cabine, répondit Mrs McArdle sans ouvrir les yeux.

— Tu sais ce que j'aimerais ? Te casser la caboche, à coups de pied !

— Qu'est-ce que tu attends ?

Mr McArdle se redressa brusquement sur un coude et écrasa sa cigarette contre le dessus en verre de la table de nuit.

— Un de ces jours, commença-t-il d'un air sombre…

— Un de ces jours, tu vas faire une crise cardiaque, tragique, mais tragique ! dit Mrs McArdle avec un minimum d'énergie.

Sans sortir les bras, elle enroula plus serré son drap autour d'elle.

— Il y aura un petit enterrement très chic, et chacun se demandera qui est cette séduisante jeune femme en robe rouge, au premier rang, celle qui flirte avec l'organiste et qui fait un sacré…

— Tu es tellement drôle que ça n'est même plus drôle du tout, dit Mr McArdle, à nouveau immobile sur le dos.

Pendant ce court échange, Teddy s'était retourné et remis à regarder par le hublot.

— À trois heures trente-deux du matin, nous avons croisé le *Queen Mary* qui avançait en sens inverse, au cas où cela intéresserait quelqu'un, dit-il lentement. Ce dont je doute.

Sa voix était curieusement et joliment rauque, comme celle de certains petits garçons. Chacune de ses phrases ressemblait à une petite île oubliée, entourée d'une mer miniature de whisky.

— Le steward, sur le pont, celui que Booper déteste, l'a noté sur son tableau.

— Je vais t'en foutre des *Queen Mary*, si tu ne descends pas de ce sac tout de suite ! dit son père.

Il avait tourné la tête vers Teddy.

— *Descends* de là, tu m'entends ! Va te faire couper les cheveux, au moins.

Il regarda de nouveau la nuque de sa femme.

— Dieu du ciel ! Pour être précoce, il est précoce !

— Je n'ai pas d'argent, dit Teddy.

Il assura ses mains sur le rebord du hublot, et posa le menton sur ses doigts.

— Maman, tu connais le monsieur qui est à côté de nous dans la salle à manger ? Pas le maigre, l'autre, qui est à la même table. Là où notre serveur pose son plateau.

— Mm-Mmm ! Teddy, mon chéri, laisse maman dormir encore cinq minutes. Sois gentil.

— Attends, juste une seconde. C'est très intéressant, dit Teddy, sans lever le menton de dessus ses doigts, ni quitter l'océan des yeux. Il était à la gym, tout à l'heure, pendant que Sven était en train de me peser. Il s'est approché et il m'a parlé. Il a entendu la dernière bande que j'ai enregistrée. Pas celle d'avril. Celle de mai. Il était à un cocktail, à Boston, juste avant son départ pour l'Europe, et à ce cocktail, quelqu'un connaissait quelqu'un au jury Leidekker – il n'a pas dit qui – et ils ont emprunté la dernière bande que j'ai faite et l'ont fait entendre pendant la soirée. Il semblait très intéressé. C'est un ami du professeur Babcock. Apparemment, c'est un enseignant lui aussi. Il m'a dit qu'il avait passé tout l'été au Trinity College de Dublin.

— Oh, dit Mrs McArdle. À un cocktail, ils l'ont passée ?

Elle fixait d'un regard ensommeillé les mollets de Teddy.

— Je crois. Il a pas mal parlé de moi à Sven, pendant que j'étais là. C'était assez embarrassant.

— Et pourquoi embarrassant ?

Teddy hésita.

— J'ai dit « assez embarrassant ». J'ai employé un adverbe restrictif.

— Je vais t'en foutre, des adverbes restrictifs, mon coco, si tu ne descends pas de ce sac ! dit Mr McArdle.

Il venait d'allumer une nouvelle cigarette.

— Je compte jusqu'à trois. *Un*, nom de Dieu… *Deux*…

— Quelle heure est-il ? demanda soudain Mrs McArdle en s'adressant aux mollets de Teddy. Est-ce que tu ne prends pas une leçon de natation avec Booper à dix heures et demie ?

— On a le temps, répondit Teddy. Vloum !

Il passa brusquement la tête par le hublot, la laissa dehors quelques instants, puis la rentra le temps qu'il fallait pour lancer :

— Quelqu'un vient de jeter une pleine poubelle de peaux d'oranges par la fenêtre.

— Par la fenêtre ! Par la *fenêtre* ! dit Mr McArdle d'une voix sarcastique, en secouant sa cendre de cigarette. Par le hublot, morveux, par le hublot !

Il lança un regard à sa femme.

— Appelle Boston, vite. Demande le jury Leidekker au téléphone.

— Oh, quel esprit tu as ! Pourquoi tu te fatigues à essayer ?

Teddy rentra la tête dans la cabine.

— Elles flottent, c'est très joli, dit-il sans se retourner. Très intéressant.

— Teddy ! Pour la dernière fois, je compte jusqu'à trois et je…

— Je ne veux pas dire que c'est intéressant qu'elles flottent, reprit Teddy. C'est intéressant que je sache qu'elles sont là. Si je ne les avais pas vues, je ne saurais pas qu'elles sont là, et si je ne savais pas qu'elles sont là, je ne pourrais même pas dire qu'elles existent. C'est un très bon, un parfait exemple de la…

— Teddy, interrompit Mrs McArdle, sans bouger sous son drap, va me chercher Booper. Où est-elle ? Je ne veux pas qu'elle traîne encore toute la journée au soleil avec sa peau brûlée.

— Elle est habillée en conséquence. Je lui ai fait mettre une salopette. Il y en a qui commencent à couler. Dans quelques minutes, le seul endroit où elles flotteront encore, ce sera dans mon esprit. C'est très intéressant, parce que si l'on se place sur un certain plan, c'est là qu'elles ont d'abord commencé à flotter. Si je n'avais pas été là, ou si quelqu'un, disons, était venu me couper la tête juste au moment où je…

— Où est-elle ? demanda Mrs McArdle. Regarde maman une seconde, Teddy.

Teddy se retourna et regarda sa mère.

— Quoi ?

— Où est Booper ? Je ne veux pas qu'elle vadrouille encore au milieu des transats, à embêter les gens. Si cet affreux bonhomme…

— Elle est sage. Je lui ai donné l'appareil photo.

Mr McArdle se releva en sursaut, sur un bras.

— Tu lui as donné *l'appareil photo* ! cria-t-il. Ça pour une idée, c'est une idée ! Mon bon Dieu de Leica ? Il est hors de question qu'une gamine de six ans le trimballe partout…

— Je lui ai montré comment le tenir, elle ne le laissera pas tomber, dit Teddy. Et bien sûr, j'ai retiré la pellicule.

— Je veux cet appareil, Teddy ! Tu m'entends ? Je veux que tu descendes de ce sac tout de suite et que cet appareil soit revenu *dans les cinq minutes* ! Ou alors, il y aura un petit génie de moins sur Terre. C'est clair ?

Teddy tourna les talons sur le sac et descendit. Il se baissa et renoua le lacet de sa chaussure de basket gauche, tandis que son père, toujours dressé sur un coude, le surveillait avec des yeux de pion.

— Dis à Booper que je la demande, dit Mrs McArdle. Et fais un baiser à maman.

Le lacet de sa chaussure renoué, Teddy posa distraitement un baiser sur la joue de sa mère. Elle dégagea son bras gauche de dessous le drap pour lui encercler la taille, mais, le temps de le faire, Teddy s'était déjà écarté et était passé de l'autre côté, entre les deux lits. Il se baissa, se releva avec l'oreiller de son père sous le bras gauche et le cendrier de la table de nuit dans la main droite. Passant le cendrier dans sa main gauche, il s'approcha de la table de nuit et fit glisser de la main droite les mégots et les cendres de son père dans le cendrier. Puis, avant de remettre celui-ci à sa place, il essuya du revers du bras la fine pellicule de cendre qui restait sur la plaque de verre de la table. Il essuya ensuite son bras sur son short. Il replaça le cendrier sur la plaque avec des soins méticuleux, comme s'il jugeait qu'un cendrier devait être posé exactement au centre d'un dessus de table de nuit ou pas du tout. À ce moment, son père, qui n'avait pas cessé de l'observer, détourna brusquement les yeux.

— Tu ne veux pas ton oreiller ? demanda Teddy.

— C'est l'appareil que je veux, mon garçon.

— Tu n'es pas bien installé, comme ça, ce n'est pas possible. Je te le laisse là, tiens.

Il plaça l'oreiller au bout du lit, près des pieds de son père, puis se dirigea vers la porte de la cabine.

— Teddy, appela sa mère, sans se retourner. Dis à Booper que je veux la voir avant sa leçon de natation.

— Pourquoi ne laisses-tu pas cette gamine tranquille ? demanda Mr McArdle. On dirait que tu lui en veux d'avoir quelques minutes de liberté. Tu sais comment tu la traites ? Je vais te le dire exactement. Tu la traites comme une criminelle en herbe.

— En herbe ? Oh, ça c'est joli ! Tu deviens très anglais, tu sais, mon amour.

Teddy resta un instant sur le seuil de la cabine, actionnant pensivement la poignée de la porte.

— Lorsque j'aurai franchi cette porte, dit-il, je n'existerai peut-être plus que dans l'esprit des gens que je connais. Il se peut que je sois une peau d'orange.

— Quoi, mon chéri ? demanda sa mère, toujours couchée sur le côté droit, de l'autre côté de la cabine.

— Allez, morveux, grouille-toi. Ramène ce Leica ici.

— Viens faire un baiser à maman. Un gros baiser.

— Pas maintenant, répondit Teddy d'un air absent. Je suis fatigué.

Il ferma la porte derrière lui.

Le journal du bateau était posé devant la porte. C'était une simple feuille de papier brillant, imprimée d'un seul côté. Teddy le ramassa et se mit à le lire en longeant lentement le long couloir qui menait vers l'arrière. Au bout du couloir, une grosse femme blonde en uniforme blanc empesé avançait vers lui, portant un vase de roses rouges à longues tiges. En croisant Teddy, elle tendit la main gauche et lui gratta le haut de la tête : « Je connais quelqu'un qui a besoin de se faire couper les cheveux ! » Teddy leva de son journal des yeux indifférents, mais la femme était déjà passée et il ne se retourna pas. Il se remit à lire. Au bout du couloir, devant la monumentale fresque de saint Georges terrassant le Dragon qui dominait le palier de l'escalier, il plia le journal en quatre et le fourra dans sa poche revolver gauche. Il monta ensuite les marches larges et basses, recouvertes de moquette, qui menaient au pont principal, un étage plus haut. Il les grimpa deux par deux, mais lentement, en se tenant à la rampe, en s'y appuyant de tout son corps, comme si, pour lui, monter un escalier était, comme pour beaucoup d'enfants, une satisfaction en soi. Arrivé au pont principal, il se dirigea droit vers le comptoir du commissaire de bord. Une jolie fille en uniforme de la marine l'occupait. Elle était en train d'agrafer quelques feuilles ronéotypées.

— Pourriez-vous me dire, je vous prie, à quelle heure le jeu commence, aujourd'hui ? demanda Teddy.

— Pardon ?

— Pourriez-vous me dire à quelle heure le jeu commence, aujourd'hui ?

La fille lui décocha un sourire ourlé de rouge à lèvres.

— Quel jeu, mon chou ?

— Vous savez bien, ce jeu qu'on a eu hier et avant-hier, où l'on doit trouver les mots qui manquent. Il s'agit surtout de remettre les choses dans leur contexte.

La fille, qui calait trois feuilles de papier entre les griffes de son agrafeuse, interrompit son travail.

— Oh, pas avant cet après-midi, je crois. Vers quatre heures, il me semble. Est-ce que ce n'est pas un peu trop dur pour toi, mon petit ?

— Oh ! non… Merci, dit Teddy, et il s'écarta du comptoir.

— Attends une minute, mon chou. Comment t'appelles-tu ?

— Theodore McArdle. Et vous, comment vous appelez-vous ?

— Mon nom ? dit la jeune fille en souriant. Je suis l'enseigne Mathewson.

Teddy la regarda appuyer sur son agrafeuse.

— Je sais que vous êtes enseigne. Je n'en suis pas sûr, mais je crois que lorsque quelqu'un vous demande votre nom, on doit le donner en entier. Jane Mathewson, ou Phillis Mathewson, par exemple.

— Oh, vraiment ?

— J'ai dit « je *crois* », je n'en suis pas sûr. C'est peut-être différent quand on porte l'uniforme. En tout cas, merci du renseignement. Au revoir.

Il tourna les talons et prit l'escalier qui conduisait au pont promenade, grimpant à nouveau les marches deux par deux, mais plus rapidement.

Il aperçut Booper après l'avoir cherchée des yeux un moment, tout en haut du pont des sports. Elle se tenait dans un coin ensoleillé – comme une clairière – entre deux courts d'anno-tennis déserts. Accroupie, le soleil dans le dos, une légère brise soulevant ses cheveux blonds de soie, elle se donnait beaucoup de mal à ranger en piles une douzaine de rondelles d'un jeu de palets, une pour les noirs, une pour les rouges. Un tout petit garçon en bain de soleil se tenait près d'elle, à sa droite. Il n'était là qu'en qualité d'observateur.

— Regarde ! cria Booper à son frère qui approchait.

Elle se pencha vers les deux piles de palets et les entoura de ses bras pour montrer son chef-d'œuvre, l'isoler du reste du bateau.

— Myron ! dit-elle à son compagnon d'une voix hostile. Tu fais de l'ombre, et mon frère ne peut pas voir. Déplace ta carcasse !

Elle ferma les paupières et attendit, avec une moue contrariée, que Myron se déplace. Teddy, dominant les deux piles, baissa sur elle un regard appréciateur.

— C'est formidable. Très symétrique.

— Ce gamin, dit Booper en montrant Myron, a jamais entendu parler du tric-trac. Il en a même pas.

Teddy jeta sur Myron un regard bref, objectif.

— Dis, où est l'appareil photo ? Papa le veut tout de suite.

— Il n'habite même pas New York, dit Booper à Teddy. Et son père est mort. Il a été tué en Corée.

Elle se tourna vers Myron.

— Pas vrai ?

Puis, sans attendre la réponse :

— Maintenant, si sa mère meurt, il sera orphelin. Il le savait même pas.

Elle regarda Myron.

— Pas vrai ?

Myron, qui restait sur une prudente réserve, croisa les bras.

— Tu es la personne la plus bête que j'aie jamais vue, dit Booper. Tu es la personne la plus bête de tout cet océan. Tu le savais ?

— Tu te trompes, dit Teddy. Elle se trompe, Myron. Il s'adressa à sa sœur.

— Écoute-moi une seconde. Où est l'appareil ? Il faut que je l'aie tout de suite. Où est-il ?

— Par là-bas, répondit Booper sans indiquer aucune direction. (Elle approcha d'elle ses deux piles de palets.) Tout ce qu'il me faudrait maintenant, c'est deux géants. Ils pourraient jouer au tric-trac jusqu'à en tomber de fatigue, et après, ils grimperaient sur cette cheminée et lanceraient les palets sur les gens et les tueraient tous.

Elle regarda Myron avec l'air d'en savoir long.

— Ils pourraient tuer tes parents. Et si ça ne les tuait pas, tu sais ce que tu pourrais faire ? Tu pourrais mettre du poison sur des guimauves et les leur faire manger.

Le Leica se trouvait environ trois pas plus loin, contre le bastingage blanc entourant le pont des sports. Il gisait sur le côté, dans la rigole d'écoulement. Teddy s'approcha, le ramassa par la lanière et le suspendit à son cou. Mais aussitôt il le retira et le tendit à sa sœur.

— Booper, fais-moi plaisir. Descends-le, s'il te plaît, dit-il. Il est dix heures. Il faut que j'écrive mon journal.

— Je suis occupée.

— Maman veut te voir immédiatement, de toute manière.

— Tu es un menteur.

— Je ne suis pas un menteur, elle veut te voir. Alors, s'il te plaît, descends-le en y allant… Allez, Booper.

— Pourquoi elle veut me voir ? Je n'ai pas envie de la voir, moi.

Elle donna vivement une tape sur la main de Myron, qui s'apprêtait à prendre le premier palet de la pile rouge.

— Bas les pattes !

Teddy passa la courroie du Leica au cou de sa sœur.

— Je suis sérieux. Descends ça à papa tout de suite. Je te retrouverai à dix heures et demie à l'entrée de la piscine, ou juste devant l'endroit où tu te changes. Sois à l'heure. C'est en descendant, sur le pont E, n'oublie pas, et prévois largement le temps d'y aller.

Il tourna les talons et s'éloigna.

— Je te déteste ! Je déteste tout le monde sur cet océan ! hurla Booper derrière lui.

Au-dessous du pont des sports, sur la vaste plage arrière du pont solarium, exposés au grand air, il y avait bien soixante-quinze transats dépliés et alignés sur sept ou huit rangées ; ils étaient juste assez espacés pour que le steward pût évoluer sans être obligé de piétiner les affaires des passagers qui prenaient leur bain de soleil – sacs à tricot, romans sous jaquette, flacons d'huile solaire, appareils photo. Il y avait beaucoup de monde quand Teddy arriva. En commençant par le dernier rang, il s'arrêta devant chaque transat, qu'il fût occupé ou non, pour lire le nom inscrit sur l'accoudoir. Il n'y eut qu'un ou deux passagers pour lui parler, c'est-à-dire pour lui lancer une de ces plaisanteries banales que les adultes sont parfois enclins à lancer à un gamin de dix ans qui n'a qu'une idée en tête, retrouver le fauteuil qui lui appartient. Sa jeunesse et son idée fixe étaient assez évidentes, mais son maintien manquait – ou n'était pas suffisamment empreint – de cette charmante solennité qui amène beaucoup d'adultes à parler aux enfants avec une certaine déférence ou au contraire avec condescendance. Ses vêtements y étaient peut-être pour quelque chose. Le trou à l'épaule de son maillot n'était pas un trou charmant. La largeur excessive de son fond de culotte, la longueur excessive de son short n'étaient pas non plus charmants.

Les quatre transats des McArdle, garnis de coussins, prêts à l'emploi, se trouvaient au milieu de la seconde rangée, en avant. Teddy – intentionnellement ou pas – s'assit dans celui qui lui permettait de n'avoir personne à côté de lui. Pieds joints, il allongea sur le transat ses jambes nues, encore blanches, et sortit en même temps de sa poche revolver droite un petit calepin à deux sous. Puis, l'esprit instantanément polarisé, comme s'il était maintenant tout seul à exister avec son calepin – sans soleil, sans passagers ni bateau –, il se mit à tourner les pages.

À l'exception de quelques observations au crayon, tout ce qui était écrit dans le calepin l'avait été au stylo à bille, apparemment. L'écriture elle-même était du genre de celle qu'on enseigne généralement dans les écoles américaines, à la place de la bonne vieille méthode Palmer. Elle était lisible, sans être trop jolie. C'était son aisance qui était remarquable. Rien – rien de technique, en tout cas – n'aurait pu laisser supposer que les mots et les phrases avaient été écrits par un enfant.

Teddy mit un temps considérable à lire ce qui semblait être ses dernières notes. Elles couvraient un peu plus de trois pages :

Journal du 27 octobre 1952
appartenant à Theodore McArdle, 412 Pont A

Juste et agréable récompense à qui rapportera immédiatement ce calepin à Theodore McArdle.

Voir si je peux trouver les plaques d'identité de l'armée de papa et les porter dès que possible. Je n'en mourrai pas et ça lui fera plaisir.

Répondre à la lettre du professeur Mandell dès que j'en aurai l'occasion et la patience. Lui demander de ne plus m'envoyer de livre de poésie. J'en ai déjà suffisamment pour une année. De toute façon, j'en ai marre. Un homme marche le long de la plage et reçoit par malheur une noix de coco sur la tête. Son crâne par malheur se fend en deux. Ensuite, sa femme vient sur la plage en chantant, voit les deux moitiés, les reconnaît et les ramasse. Elle devient très triste bien sûr, et pleure à fendre l'âme. Voilà exactement pourquoi je suis fatigué de la poésie. À supposer que la dame ramasse simplement les deux moitiés et se mette à crier dedans avec colère : « Assez ! » Surtout ne pas parler de ça en répondant à sa lettre. Cela pourrait donner lieu à des controverses et d'autre part, Mrs Mandell est elle-même poète.

Me procurer l'adresse de Sven à Elizabeth, New Jersey. Ce serait intéressant de rencontrer sa femme, ainsi que son chien Lindy. En tout cas, je n'aimerais pas posséder un chien moi-même.

Écrire une lettre de condoléances au Dr Wokawara au sujet de sa néphrite. Demander sa nouvelle adresse à maman.

Essayer le pont des sports pour la méditation demain matin avant le petit déjeuner mais rester lucide. Ne pas perdre conscience non plus dans la salle à manger si le serveur laisse encore tomber la louche. Papa était absolument furieux.

Mots et expressions à chercher dans le dictionnaire demain à la bibliothèque en rendant les livres :
néphrite
myriade
cheval donné
fourberie
triumvirat

Être plus gentil avec le bibliothécaire. Discuter de choses et d'autres avec lui, quand il me fait des avances.

Teddy sortit un petit stylo à bille de la poche de son short, enleva le capuchon et se mit à écrire. Il se servait de sa hanche droite comme pupitre au lieu de prendre l'accoudoir du fauteuil.

Journal du 28 octobre 1952,
même adresse et même récompense que mentionné ci-dessus pour les 26 et 27 octobre 1952.

J'ai écrit ce matin après ma méditation aux personnes suivantes :
Dr Wokawara
Professeur Mandell
Professeur Peet
Burgess Hake Junior
Roberta Hake
Sanford Hake
Grand-maman Hake
Mr Graham
Professeur Walton

J'aurais bien demandé à maman où sont les plaques d'identité de papa, mais elle m'aurait probablement répondu que je ne suis pas obligé de les porter. Je sais qu'il les a emportées parce que je l'ai vu les mettre dans les bagages.

La vie est un cheval donné à mon avis.

Je trouve que le professeur Walton manque énormément de tact en critiquant mes parents. Il voudrait que les gens soient d'une certaine manière.

Ça doit arriver aujourd'hui ou le 14 février 1958, quand j'aurai seize ans. C'est même ridicule de le noter.

Après ce dernier paragraphe, Teddy garda les yeux fixés sur la page, le stylo-bille levé comme si autre chose allait suivre.

Il ne se rendait apparemment pas compte que quelqu'un l'observait, solitaire. À cinq ou six mètres du premier rang de transats, vers l'avant, plusieurs mètres au-dessus de lui dans le soleil éblouissant, un jeune homme appuyé au bastingage du pont des sports ne le quittait pas des yeux depuis près de dix minutes. Il eut l'air à ce moment de prendre une décision, car il retira brusquement le pied qu'il avait posé sur une barre du bastingage. Il resta quelques secondes à regarder dans la direction de Teddy, puis il s'éloigna et disparut. Moins d'une minute plus tard pourtant, il réapparut, fâcheusement vertical, au milieu des rangées de transats. Il avait trente ans, tout au plus. Il se fraya un chemin droit vers le transat de Teddy, projetant sur des pages de romans des ombres gênantes, écrasant sans retenue (si l'on considère qu'il était le seul être animé en vue à se tenir debout) sacs à tricot et autres effets personnels.

Teddy ne parut pas remarquer que quelqu'un se tenait au pied de son transat, ou même qu'il y avait une ombre sur son calepin. Quelques passagers des deux rangées derrière lui se montrèrent plus soucieux de leur confort. Ils levèrent sur le jeune homme des regards comme seuls, peut-être, des gens allongés sur des transats peuvent en lever. Celui-ci ne perdit pas pour autant son assurance. Il donnait l'impression qu'il aurait pu rester où il était jusqu'à la fin des temps, à la seule condition, insignifiante, de pouvoir garder une main dans sa poche.

— Hello, dit-il à Teddy.

Teddy leva les yeux.

— Hello.

Son calepin se referma, en partie grâce à lui, en partie tout seul.

— Cela vous dérange si je m'assois une minute ? demanda le jeune homme avec une cordialité qui semblait sans limites. Ce fauteuil appartient à quelqu'un ?

— Eh bien, ces quatre-là appartiennent à ma famille, répondit Teddy, mais mes parents ne sont pas encore levés.

— Pas *levés* ? Par une journée pareille ! dit le jeune homme.

Il s'était déjà laissé glisser dans le transat à droite de Teddy. Les sièges étaient si près l'un de l'autre que les accoudoirs se touchaient.

— C'est un sacrilège. Un véritable sacrilège.

Il étendit ses jambes aux cuisses singulièrement lourdes, au point qu'elles faisaient penser à elles seules à des corps humains. Il se présentait, dans l'ensemble, sous l'accoutrement standard des estivants de la côte Est : cheveux coupés en brosse, pour le haut, brodequins éculés, pour le bas, avec entre les deux, une espèce d'uniforme hétéroclite – chaussettes de laine marron, pantalon gris anthracite, chemise à col ouvert, sans cravate, et veste en tweed sans doute patinée dans l'un des séminaires de troisième cycle les plus en vogue de Yale, Harvard ou Princeton.

— Oh, Seigneur, quelle journée divine ! dit-il avec un soupir d'aise, en clignant des yeux vers le soleil. Le temps fait de moi ce qu'il veut. Absolument.

Il croisa ses lourdes jambes à hauteur des chevilles.

— Il m'est déjà arrivé de prendre un jour de pluie parfaitement naturel pour une insulte personnelle. C'est pourquoi un jour comme aujourd'hui est un véritable bienfait des dieux, pour moi.

Bien que sa voix fût ce qu'on considère généralement comme bien élevée, il la forçait beaucoup plus qu'il n'était nécessaire, comme s'il imaginait que tout ce qu'il dirait sonnerait plus juste – plus intelligent, plus cultivé, voire plus amusant ou excitant – aux oreilles de Teddy ou des gens derrière lui, s'ils écoutaient. Il lança à Teddy un regard oblique et sourit.

— Et vous, comment ça se passe, le temps et vous ?

Son sourire ne manquait pas de personnalité, mais c'était un sourire de commande, un sourire de conversation, et ce n'était peut-être pas sans rapport avec ce qu'il était réellement.

— Est-ce que le temps vous influence de façon disproportionnée ? ajouta-t-il en souriant.

— Je n'en fais pas une affaire personnelle, si c'est ce que vous voulez dire, répondit Teddy.

Le jeune homme rit en rejetant la tête en arrière.

— Excellent. Au fait, je m'appelle Bob Nicholson. Je ne sais si nous avons été jusqu'à nous présenter à la gym. Je connais *votre* nom, bien entendu.

Teddy bascula sur une hanche et rentra son calepin dans la poche de son short.

— Je vous regardais écrire, de là-haut, raconta Nicholson en indiquant l'endroit d'un geste. Vous m'avez l'air de travailler comme un petit bagnard.

Teddy le regarda.

— Je notais quelque chose sur mon calepin.

Nicholson hocha la tête en souriant.

— Qu'est-ce que vous avez pensé de l'Europe ? demanda-t-il pour entretenir la conversation. Ça vous a plu ?

— Oui, beaucoup, merci.

— Où êtes-vous allé ?

Teddy se pencha brusquement en avant et se gratta le mollet.

— Eh bien, ça me prendrait trop de temps d'énumérer tous les endroits parce que nous avions pris notre voiture et que nous avons fait pas mal de kilomètres. (Il se radossa.) Ma mère et moi, en tout cas, nous avons été surtout à Édimbourg en Écosse, et à Oxford en Angleterre. Je crois vous avoir dit à la gym que je devais être interviewé dans ces deux villes. En particulier à l'université d'Édimbourg.

— Non, je ne crois pas que vous me l'ayez dit. Je me demandais précisément si vous aviez fait quelque chose comme ça. Comment ça s'est passé ? Ils vous ont cuisiné ?

— Pardon ?

— Comment ça s'est passé ? C'était intéressant ?

— Tantôt oui, tantôt non. Nous sommes restés un peu trop longtemps. Mon père voulait rentrer à New York avant ce bateau. Mais il y a des gens qui venaient pour moi de Stockholm en Suède, et d'Innsbruck en Autriche, et nous avons dû attendre.

— C'est toujours comme ça.

Teddy le regarda pour la première fois bien en face.

— Vous êtes poète ?

— Poète ? Seigneur, non. Hélas, non. Pourquoi ?

— Je ne sais pas. Les poètes font toujours du temps une affaire personnelle. Ils mettent toujours leurs émotions dans les choses qui n'en ont pas.

Nicholson, souriant, mit la main à sa poche et en sortit des cigarettes et des allumettes.

— Je pensais précisément que c'était leur fonds de commerce. Les émotions, n'est-ce pas ce qu'il y a de plus important pour les poètes ?

Teddy n'eut pas l'air de l'entendre, ou il ne l'écoutait pas. Il dirigeait un regard distrait par-delà les deux cheminées jumelles du pont des sports.

Nicholson alluma sa cigarette avec quelque difficulté, car une légère brise soufflait du nord. Il se recala dans son transat et dit :

— Si je comprends bien, vous avez laissé tous ces gens assez troublés…

— « Rien dans la voix de la cigale ne révèle qu'elle va bientôt mourir », dit Teddy brusquement. « Le long de cette route, personne ne va, par ce soir d'automne. »

— Qu'est-ce que c'est ? demanda Nicholson, souriant. Répétez, vous voulez ?

— Ce sont deux poèmes japonais. Ils ne sont pas remplis de tout un tas d'émotions, dit Teddy.

Il redressa soudain le buste, pencha sa tête de côté, se donna une petite tape sur l'oreille droite.

— J'ai encore de l'eau dans l'oreille depuis ma leçon d'hier.

Il administra à son oreille deux autres petites claques, puis se rassit en s'appuyant au dossier, les bras sur les accoudoirs du transat. Il s'agissait, naturellement, d'un transat pour adultes, et il semblait singulièrement petit dedans, mais, en même temps, il avait l'air parfaitement détendu, serein même.

— D'après ce que je sais, vous avez laissé tous ces pédants joliment troublés, à Boston, reprit Nicholson en l'observant. Après la dernière petite séance. L'ensemble du jury Leidekker, plus ou moins, si je comprends bien. Je crois vous avoir dit que j'ai parlé longuement avec Al Babcock en juin. Le soir même, pour tout dire, où j'ai entendu la bande que vous avez enregistrée.

— Oui, en effet. Vous me l'avez dit.

— J'ai cru comprendre qu'ils étaient assez bouleversés, appuya Nicholson. D'après ce qu'Al m'a dit, vous avez eu ensemble une discussion assez explosive, une nuit – celle où vous avez enregistré cette bande, je crois.

Il tira une bouffée de sa cigarette.

— Si j'ai bien entendu, vous avez fait un certain nombre de prédictions qui les ont mis sens dessus dessous, n'est-ce pas ?

— J'aimerais savoir pourquoi les gens pensent que c'est si important, les émotions. Mon père et ma mère ne croient pas que quelqu'un est humain s'il n'a pas en tête un tas de choses très tristes, très ennuyeuses ou très… très fausses, disons. Mon père est émotif, même quand il lit le journal. Il pense que je suis inhumain.

Nicholson fit tomber de côté la cendre de sa cigarette.

— Dois-je en conclure que vous n'êtes pas capable d'émotions ?

Teddy réfléchit avant de répondre.

— Si j'en suis capable, je ne me rappelle pas avoir eu l'occasion de les ressentir. Je ne vois pas à quoi elles peuvent servir.

— Vous aimez Dieu, n'est-ce pas ? demanda Nicholson, avec une nonchalance un peu excessive. N'est-ce pas là, excusez l'expression, ce qui fait votre force ? D'après ce que j'ai entendu sur cette bande, et d'après ce qu'Al Babcock...

— Oui, bien sûr, j'aime Dieu. Mais pas sentimentalement. Il n'a jamais dit qu'on devait L'aimer sentimentalement. Si j'étais Dieu, je ne voudrais certainement pas que les gens m'aiment sentimentalement. C'est bien trop inconstant.

— Vous aimez vos parents, non ?

— Oui, beaucoup, mais vous voulez que je donne à ce mot le sens que *vous*, vous lui donnez. J'en suis sûr.

— D'accord, alors, quel sens lui donnez-*vous* ?

Teddy réfléchit.

— Vous savez ce que signifie le mot « affinité » ? demanda-t-il en se tournant vers Nicholson.

— J'en ai une vague idée, répondit celui-ci sèchement.

— J'ai beaucoup d'affinités avec eux. Ce sont mes parents, et nous dépendons les uns des autres pour notre équilibre et tout ça. Je voudrais qu'ils aient du bon temps de leur vivant, parce que ça leur plaît. Mais ils ne nous aiment pas de cette manière, ma sœur et moi. Je veux dire, ils ne semblent pas pouvoir nous aimer tels que nous sommes. Ils ne semblent pas pouvoir nous aimer s'ils ne peuvent pas aussi nous transformer un peu. Ils aiment les raisons qu'ils ont de nous aimer presque autant qu'ils nous aiment, et la plupart du temps, plus encore. Ça n'est pas très agréable, cette façon de faire.

Il se tourna de nouveau vers Nicholson, se dressant légèrement sur son fauteuil.

— Avez-vous l'heure, je vous prie ? J'ai une leçon de natation à dix heures et demie.

— Vous avez le temps, répondit Nicholson, avant de regarder sa montre.

Il retroussa sa manche.

— Il n'est que dix heures dix.

— Merci, dit Teddy, et il se rallongea. Nous pouvons profiter de cette conversation pendant encore dix minutes.

Nicholson sortit une jambe de son transat, se pencha en avant et écrasa du pied sa cigarette.

— Si je comprends bien, dit-il en se rasseyant, vous êtes un ardent partisan de la théorie védique de la réincarnation ?

— Ce n'est pas une théorie, c'est plutôt une part…

— D'accord, dit vivement Nicholson.

Il sourit et leva légèrement les paumes de ses mains en une sorte d'ironique bénédiction.

— Ne nous disputons pas sur ce point pour le moment. Laissez-moi finir.

Il croisa de nouveau ses lourdes jambes.

— D'après ce que j'ai compris, vous avez acquis par la méditation la certitude que, dans votre dernière incarnation, vous étiez un saint homme de l'Inde, mais vous aviez plus ou moins perdu la grâce…

— Je n'étais pas un saint homme. J'étais seulement une personne assez avancée sur le plan spirituel.

— Bon, peu importe. Le fait est que vous sentez que, dans cette vie précédente, vous avez plus ou moins perdu la grâce, avant l'ultime illumination. C'est ça ou je me…

— C'est ça. J'ai rencontré une dame, et j'ai, disons, cessé de méditer.

Il retira ses bras des accoudoirs du fauteuil et plaça ses mains sous ses cuisses, comme pour les tenir au chaud.

— De toute façon, il aurait quand même fallu que je me réincarne et que je revienne sur Terre. Je veux dire que je n'étais pas suffisamment avancé spirituellement, même si je n'avais pas rencontré cette dame, pour pouvoir mourir et aller directement à Brahma sans avoir à revenir sur la Terre. Mais si je n'avais pas rencontré cette femme, je n'aurais pas eu à me réincarner dans le corps d'un Américain. Vous savez, il est très difficile de méditer et de mener une vie spirituelle en Amérique. Les gens vous prennent pour un dingue si vous essayez. Mon père me prend pour un dingue, dans une certaine mesure. Quant à ma mère, eh bien, elle pense que ce n'est pas bon pour moi de penser tout le temps à Dieu. Elle trouve que c'est mauvais pour ma santé.

Nicholson gardait les yeux fixés sur lui et l'étudiait.

— Je crois que vous disiez, sur cette dernière bande, que vous aviez six ans au moment de votre première expérience mystique. C'est vrai ?

— J'avais six ans quand j'ai vu que tout était Dieu, et que mes cheveux se sont dressés sur ma tête, et tout ça. C'était un dimanche, je me souviens. Ma sœur n'était encore qu'un tout petit bébé, elle était en train de boire son lait, et tout à coup, j'ai vu qu'*elle* était Dieu et que le *lait* était Dieu. Je veux dire, elle ne faisait que verser Dieu en Dieu, vous voyez ce que je veux dire ?

Nicholson ne dit rien.

— Mais, à quatre ans, je pouvais déjà sortir assez souvent des dimensions finies, dit Teddy, comme s'il y pensait après coup. Pas tout le temps, bien sûr, mais assez souvent.

Nicholson hocha la tête.

— Vraiment ? Vous pouviez ? Vous le faisiez ?

— Oui. C'était sur la bande… ou peut-être sur celle que j'ai faite en avril. Je ne sais plus.

Nicholson prit à nouveau ses cigarettes dans sa poche, sans quitter Teddy des yeux.

— Comment sort-on des dimensions finies ? demanda-t-il, avec un rire bref. Enfin, si on prend les choses à la base, un bloc de bois est un bloc de bois, par exemple. Il a une longueur, une largeur…

— Pas du tout. C'est là que vous faites erreur. Tout le monde croit que les choses s'arrêtent quelque part.

C'est faux. C'est ce que j'essayais d'expliquer au professeur Peet.

Il se déplaça sur son siège, sortit un mouchoir qui faisait peine à voir – une chose grise, roulée en boule – et se moucha.

— Si les choses semblent s'arrêter quelque part, c'est tout simplement parce que la plupart des gens ne savent pas les regarder autrement. Mais ça ne veut pas dire qu'elles s'arrêtent.

Il rangea son mouchoir et regarda Nicholson.

— Pouvez-vous lever le bras une seconde, je vous prie ?

— Mon bras ? Pourquoi ?

— Levez-le. Juste une seconde.

Nicholson souleva son avant-bras quelques centimètres au-dessus du bras de son fauteuil.

— Celui-là ?

Teddy acquiesça.

— Comment appelez-vous ça ? demanda-t-il.

— Quoi donc ? Ça ? C'est mon bras. C'est un *bras*.

— Comment le savez-vous ? Vous savez qu'on appelle ça un bras, mais comment savez-vous que c'en est un ? En avez-vous la preuve ?

Nicholson sortit une cigarette de son paquet et l'alluma.

— Franchement, ce n'est qu'un sophisme, dit-il en exhalant une bouffée de fumée. C'est un bras, Dieu du ciel, parce que c'est un bras. Et d'abord, il lui faut un nom pour le distinguer du reste. Enfin, on ne peut pas tout bonnement…

— Vous êtes simplement en train de faire de la logique, répondit Teddy, impassible.

— Je fais quoi ? demanda Nicholson, d'un ton un rien trop poli.

— De la logique. Vous me donnez simplement une réponse normale, intelligente. J'essayais de vous aider. Vous m'avez demandé comment je sors des dimensions finies quand j'en ai envie. Ce n'est certainement pas avec de la logique que j'y arrive. La logique est la première chose dont il faut se débarrasser.

Nicholson enleva avec ses doigts un brin de tabac collé à sa langue.

— Vous connaissez Adam ? lui demanda Teddy.

— Je connais qui ?

— Adam. Celui de la Bible.

Nicholson sourit.

— Pas personnellement, dit-il d'un ton neutre.

Teddy hésita.

— Ne vous fâchez pas. Vous m'avez posé une question et je…

— Mais je ne me *fâche* pas, Dieu du ciel.

— O.K. ! dit Teddy, bien calé dans son transat, mais la tête tournée vers Nicholson. Vous savez, cette pomme qu'Adam a mangée dans le jardin d'Éden, selon la Bible ? Vous savez ce qu'il y avait dans cette pomme ? De la logique. De la logique et du baratin intellectuel.

C'est tout ce qu'il y avait dedans. Alors – c'est mon avis – ce qu'il faut faire quand on veut voir les choses comme elles sont réellement, c'est de vomir tout ça. Je veux dire, quand vous aurez vomi tout ça, vous n'aurez plus jamais d'ennui avec des blocs de bois et autres machins. Vous ne verrez plus constamment les choses s'arrêter net. Et vous saurez ce qu'est réellement votre bras, si ça vous intéresse. Vous voyez ce que je veux dire ? Vous me suivez ?

— Je vous suis, dit Nicholson assez sèchement.

— L'ennui, dit Teddy, c'est que la plupart des gens ne veulent pas voir les choses comme elles sont. Ils ne veulent même pas s'arrêter de naître et de mourir sans cesse. Ils veulent tout le temps de nouveaux corps, au lieu de s'arrêter et de rester auprès de Dieu, où c'est vraiment agréable.

Il réfléchit.

— Je n'ai jamais vu une telle bande de mangeurs de pommes, dit-il.

Il secoua la tête.

À ce moment, un steward en veste blanche qui évoluait entre les transats s'arrêta devant Teddy et Nicholson et leur demanda s'ils désiraient leur bouillon du matin. Nicholson ne répondit même pas. Teddy dit : « Non, merci », et le steward s'éloigna.

— Si vous préférez ne pas me répondre, ne vous gênez pas, reprit Nicholson tout à trac et sur un ton assez brusque. (Il secoua la cendre de sa cigarette.) Mais est-il vrai que vous avez dit à tous les gars du comité Leidekker – Walton, Peet, Larsen, Samuel et toute la bande – quand, où, et comment ils allaient mourir ? Est-ce vrai ou non ? Vous n'êtes pas obligé de répondre si vous ne voulez pas, mais à en croire le bruit qui court à Boston…

— Non, ce n'est pas vrai, affirma Teddy. Je leur ai indiqué les endroits et les *moments* auxquels ils devraient faire très, très attention. Et je leur ai indiqué certaines choses qu'ils auraient peut-être intérêt à *faire*… Mais je n'ai rien dit de semblable. Je n'ai jamais dit que les choses étaient inévitables comme ça.

Il sortit de nouveau son mouchoir et se moucha. Nicholson attendait, ne le quittant pas des yeux.

— Et je n'ai rien dit de tel au professeur Peet. D'abord il n'était pas parmi ceux qui blaguaient autour de moi et me posaient des tas de questions. Tout ce que je lui ai dit, c'est qu'il ne devrait plus enseigner après le mois de janvier. C'est tout ce que je lui ai dit.

Teddy se rallongea dans son fauteuil et resta un moment sans parler.

— Tous ces autres professeurs m'ont pratiquement forcé à leur raconter ces trucs. C'était après l'interview, quand on a fait cette bande, il était très tard et ils étaient assis autour de moi, à fumer des cigarettes et à me faire des mines.

— Mais vous n'avez pas dit à Walton, ou à Larsen, par exemple, où, quand et comment leur mort aurait lieu ? insista Nicholson.

— *Non*, pas du tout, dit Teddy fermement. Je ne leur aurais même pas parlé de tout ça, mais ils n'arrêtaient pas de le faire. C'est le professeur Walton qui a commencé. Il a dit qu'il aimerait bien savoir quand il allait mourir, parce qu'il saurait le travail qu'il devrait faire avant et celui qu'il ne devrait pas faire, qu'il pourrait employer son temps au mieux, enfin tout ça. Et ils ont tous dit pareil... Alors, je leur en ai parlé, un petit peu.

Nicholson se taisait.

— Je ne leur ai pas dit exactement quand ils allaient mourir. C'est une fausse rumeur. *J'aurais* pu, mais je savais qu'au fond, ils n'avaient pas vraiment envie de le savoir. Je savais bien qu'ils ont beau enseigner la religion, la philosophie et tout ça, ils ont quand même très peur de mourir.

Teddy resta une minute sans parler.

— C'est tellement idiot, reprit-il. Tout ce qu'on fait quand on meurt, c'est sortir de son corps. Ma parole, tout le monde l'a fait des milliers et des milliers de fois. Ce n'est pas parce qu'ils ne s'en souviennent pas qu'ils ne l'ont pas fait. C'est tellement idiot.

— Peut-être, peut-être. Mais il reste un fait logique, c'est que, peu importe quelle intelligence...

— C'est tellement idiot, répéta Teddy. Par exemple, j'ai une leçon de natation dans cinq minutes. Je pourrais descendre à la piscine, et il pourrait ne pas y avoir d'eau dedans. Ça pourrait être le jour où ils changent l'eau, par exemple. Ce qui pourrait arriver, c'est que je m'approche du bord, juste pour voir le fond par exemple, et ma sœur pourrait venir et me pousser dedans. Je pourrais me fracturer le crâne et mourir sur le coup.

Teddy regarda Nicholson.

— Ça pourrait arriver. Ma sœur n'a que six ans, elle n'est pas un être humain depuis beaucoup de vies, et elle ne m'aime pas tellement. Ça pourrait très bien arriver. Et alors, qu'est-ce qu'il y aurait de tragique ? Je veux dire, quelle raison y aurait-il d'avoir peur ? Je ferais simplement ce que je suis censé devoir faire, c'est tout, vous ne croyez pas ?

Nicholson émit un rire indulgent.

— Ce ne serait peut-être pas une tragédie de votre point de vue, mais ce serait probablement très triste pour votre mère et votre père. Avez-vous pensé à ça ?

— Oui, bien sûr. Mais c'est seulement parce qu'ils mettent des noms et des émotions sur tout ce qui arrive.

Il avait remis ses mains sous ses cuisses. Il les enleva, posa ses bras sur les accoudoirs du fauteuil et regarda Nicholson.

— Vous connaissez Sven ? L'homme qui s'occupe de la gym ? (Il attendit le signe d'assentiment de Nicholson.) Eh bien, si Sven rêvait cette nuit que son chien est mort, il passerait une très, très mauvaise nuit parce qu'il aime beaucoup son chien. Mais quand il se réveillerait demain matin, tout se remettrait en ordre. Il saurait que ce n'était qu'un rêve.

Nicholson acquiesça.

— Où voulez-vous en venir, exactement ?

— Je veux en venir à ceci : si son chien mourait réellement, ce serait exactement la même chose. Seulement, il ne le saurait pas. Je veux dire qu'il ne se réveillerait pas avant d'être mort lui-même.

Nicholson, l'air détaché, se massait lentement, sensuellement, la nuque de la main droite. Sa main gauche inerte sur le bras du fauteuil, une cigarette non allumée entre ses doigts, paraissait étrangement pâle, inorganique, sous le soleil éblouissant.

Teddy se leva brusquement.

— Il faut vraiment que je parte maintenant, j'en ai peur.

Il se rassit avec précaution sur le repose-jambes de son transat, en face de Nicholson, et rentra son maillot dans son pantalon.

— Je n'ai plus qu'une minute et demie, je crois, pour arriver à temps à ma leçon de natation, et c'est tout en bas, sur le pont E.

— Puis-je vous demander pourquoi vous avez dit au professeur Peet qu'il devrait s'arrêter d'enseigner après le 1er janvier ? demanda Nicholson d'une voix plutôt brusque. Je connais Bob Peet. C'est pourquoi je vous le demande.

Teddy resserra sa ceinture de croco.

— Simplement parce qu'il est spirituellement assez avancé et que, pour l'instant, il enseigne un tas de sujets qui ne sont pas bons pour lui s'il veut vraiment faire des progrès spirituels. Ça l'accapare trop. Il est temps pour lui de s'enlever tout ça de la tête, au lieu de la bourrer encore plus. Il pourrait déjà se débarrasser d'une bonne partie de la pomme dans cette vie, s'il voulait. Il est très fort pour la méditation.

Il se leva.

— Il faut que j'y aille. Je ne veux pas être en retard.

Nicholson leva les yeux vers lui et soutint son regard, le retint même.

— Que feriez-vous si vous pouviez changer le système d'éducation ? Y avez-vous jamais pensé ?

— Il faut vraiment que je m'en aille.

— Répondez seulement à cette question. L'éducation est mon dada, vous comprenez. C'est ce que j'enseigne. Voilà pourquoi je vous demande ça.

— Eh bien… Je ne suis pas très sûr de ce que je ferais. Je suis à peu près sûr, en tout cas, que je ne commencerais pas par les choses qu'on apprend habituellement en premier dans les écoles.

Il croisa les bras et réfléchit un court instant.

— Je crois que je réunirais d'abord les enfants et que je leur montrerais comment on médite. J'essaierais de leur apprendre à découvrir qui ils *sont*, et pas seulement à connaître leur nom et des trucs comme ça… Même avant ça, je leur ferais oublier ce que leurs parents et tout le monde leur ont raconté. Je veux dire, même si leurs parents leur ont appris seulement qu'un éléphant est gros, je leur ferais oublier. Un éléphant n'est gros que si on le compare à autre chose, un chien ou une dame par exemple.

Teddy réfléchit encore un instant.

— Je ne leur dirais même pas qu'un éléphant a une trompe. Je pourrais peut-être leur en *montrer* un, si j'en avais un sous la main, mais je les laisserais tout simplement s'approcher, sans qu'ils en sachent beaucoup plus sur lui que l'éléphant en sait sur *eux*. Même chose pour l'herbe et les autres objets. Je ne leur dirais même pas que l'herbe est verte. Les couleurs ne sont que des noms. Si vous leur dites que l'herbe est verte, ça les amène inévitablement à attendre que l'herbe ait un certain aspect – l'aspect que *vous* lui prêtez – au lieu d'un autre qui peut être aussi bien, et peut-être encore mieux… Je ne sais pas. Je leur ferais vomir absolument le moindre morceau de pomme que leurs parents et tout le monde leur ont fait croquer.

— Ne risqueriez-vous pas d'élever une petite génération d'ignares ?

— Pourquoi ? Ils ne seraient pas plus ignares que ne l'est un éléphant. Ou un oiseau, ou un arbre. Ce n'est pas parce quelque chose *est* d'une certaine manière – au lieu de se conduire d'une certaine manière – qu'elle est ignare.

— Non ?

— Non ! D'autre part, s'ils voulaient apprendre le reste – les noms, les couleurs, etc. – ils pourraient le faire, s'ils en ont envie, plus tard quand ils seraient plus vieux. Mais je voudrais qu'ils *commencent* par regarder les choses comme il faut pour les regarder réellement, pas seulement comme les autres mangeurs de pommes les regardent. Voilà ce que je veux dire.

Il s'approcha tout près de Nicholson et lui tendit la main.

— Il faut que je parte maintenant. Franchement, j'ai eu beaucoup de plaisir à…

— Encore une seconde… Asseyez-vous une seconde. Avez-vous jamais pensé que vous aimeriez faire de la recherche scientifique quand vous serez grand ? Des recherches médicales ou quelque chose de ce genre ? Il me semble qu'avec votre esprit, vous pourriez peut-être…

Teddy répondit sans s'asseoir.

— J'y ai pensé une fois, il y a deux ans. J'en ai parlé à pas mal de médecins.

Il secoua la tête.

— Ça ne m'intéresserait pas beaucoup. Les médecins restent trop à la surface des choses. Ils sont toujours en train de parler de cellules et de machins.

— Oh ! Vous n'attachez pas d'importance à la structure cellulaire ?

— Bien sûr que si. Mais les médecins parlent des cellules comme si elles avaient par elles-mêmes une importance sans limites. Comme si elles n'appartenaient pas vraiment à la personne qui les a.

Teddy rejeta de la main ses cheveux en arrière.

— J'ai grandi. Personne ne l'a fait pour moi. Alors si j'ai grandi, j'ai bien dû savoir comment m'y prendre. Inconsciemment, au moins. J'ai peut-être perdu la connaissance *consciente* de la manière de grandir à un moment ou un autre au cours des dernières centaines de millénaires, mais il n'en est pas moins vrai que le savoir reste là, puisque de toute évidence, je m'en suis servi… Il faudrait pas mal de méditation et de nettoyage du reste pour le retrouver – je veux dire pour en avoir conscience –, mais on pourrait y arriver si on voulait. Si on s'ouvrait assez grand.

Il prit brusquement la main droite de Nicholson sur l'accoudoir du transat. Il la serra juste une fois, cordialement, et dit :

— Au revoir, il faut que je parte.

Cette fois, Nicholson ne put le retenir, tant il fit vite pour se faufiler au milieu des transats.

Nicholson demeura immobile quelques minutes après son départ, les mains posées sur les accoudoirs du transat, gardant entre les doigts de sa main gauche sa cigarette non allumée. Finalement, levant la main droite, il s'assura que le col de sa chemise était encore ouvert. Puis il alluma sa cigarette et se recala sur les coussins.

Il fuma sa cigarette jusqu'au bout, puis soudain il enleva un pied du transat, écrasa son mégot, se mit debout, et quitta le solarium précipitamment.

Il emprunta l'escalier qui menait vers l'avant et descendit en toute hâte vers le pont promenade. Sans s'y arrêter, il continua à descendre, toujours pressé, vers le pont principal. Puis vers le pont A, le pont B, le pont C, le pont D.

Au pont D, les couloirs vers l'avant s'arrêtaient, et Nicholson resta là un moment, comme s'il avait perdu son chemin. Il aperçut quelqu'un qui semblait pouvoir le lui indiquer. Dans un couloir, à l'entrée d'une coursive des cuisines, une hôtesse lisait une revue en fumant une cigarette. Nicholson s'approcha, se renseigna brièvement, la remercia. Puis il fit encore quelques pas vers l'avant et ouvrit une lourde porte métallique qui portait l'inscription « Piscine ». Elle s'ouvrait sur un escalier étroit, sans tapis.

Il avait descendu un peu plus de la moitié des marches quand il entendit un cri strident et prolongé qui, de toute évidence, était poussé par une petite fille. Il résonnait, aigu, dans ses oreilles, comme si quatre murs carrelés se le renvoyaient comme une balle.

Table

Composition et mise en pages
Nord Compo à Villeneuve-d'Ascq

#lisez engagé !
www.lisez.com
Pour plus d'information :
Imprimé sur du papier issu de forêts gérées durablement.

Dépôt légal : avril 2017
N° d'édition : 65993/06 – N° d'impression : 108926
Achevé d'imprimer en mai 2023 en Espagne par Liberdúplex